目次

みちづれはいても、ひとり

1　弓

ゆっくり、一歩踏み出す。踏み出すたびに朝に近づく。東のほうにむかって歩いているから。夜に白い絵の具を混ぜていくようにして、世界がだんだん明るくなる。部屋を出てきた時には浮いていたスニーカーのつまさきの白いゴムの色がすこしずつ世界になじむ。

歩け、という声がする。頭の中で。いつもではない。その声が聞こえると、私はじっとしていられなくなる。すぐさま外に出る。

歩け。声の主は、いつも同じではない。なぜか、小学生の頃に母に顔をぶたれたうえに外に放り出された私を見て、ちょっと困った顔で笑いながら鼻血をふいてくれた近所のおじさんの声で聞こえたりする。あるいは中学生の時に「本をたくさん読みなさい。きっとあなたを遠くに連れていってくれるから」と助言をくれた国語の教師の声であることもある。別居中の夫の宏基(ひろき)の声で聞こえることもある。弓(ゆみ)、歩け、という宏基の声は他の人の

それよりもはっきりと聞こえるけれども実際に言われたことは、一度もない。

私の「弓子（ゆみこ）」という名を「弓」と呼ぶのは、宏基だけだ。ほとんどの友人は「弓子」と呼び捨てにするし、母は死ぬまで私のことを「あんた」と呼んでいた。

腕時計に目をやる。ここまで歩くのに、三十分かかった。また三十分かけて引き返せば、一時間ほど歩いたことになる。ここが、折り返し地点。くるりと踵（きびす）を返す。折り返し地点という言葉が、最近やたらと気になる。

年が明ければ、といってもあと二か月ほどだけれども、四十歳になる。テレビに出ていた同い年の女優が、人生を八十年と考えて、ちょうど今が折り返し地点だと話していた。でもゴールは全員が八十歳とは限らない。母は五十二歳で死んだ。私はその時、二十五歳だった。マンションの十階から飛び降りたという連絡を受けて、駆けつけた時にはもう死んでいた。

一年前から住みはじめたアパートは『メゾン・ド・川』という。川沿いにあるからメゾン・ド・川という、安直というか思い切ったというべきかよくわからない名づけだと思う。しかし、なにがメゾンだと言いたくなるようなぼろぼろの二階建ての木造アパートで、壁はかなり薄い。隣室のトイレの便座の上げ下ろしをする音が聞こえるほどだ。隣人の部屋に出入りする歴代の男性の便座の上げ下ろしの動作が軒並み雑なせいかもしれないが。

越してきてすぐ、隣からどうやら性交をしているらしき物音や音声が聞こえた際にはさすがに動揺したが、やがて慣れた。隣人も別に他人に積極的に聞かせたいわけではなかろうと思ったので、以後隣室でことが始まると耳栓をする、あるいはイヤホンで音楽を聴くなどしている。隣人は私と同世代の女だ。私の性欲のピークは三十代前半だったが、彼女は「ずっとピークが続いている」という。衝撃だったが、それならばしかたないと納得した。ピークの真っ只中を生きている人間に他人がとやかく口を出すものではない。

アパートに帰り着く頃には、周囲はすっかり明るくなっていた。朝練に向かうらしいジャージ姿の高校生や、出張に赴くらしい、巨大なスーツケースをひく会社員とすれ違う。

ごみごみした街だ。生まれ育った街もごみごみしていたけど、このあたりは更にごみごみしている。ほんとうに人が住んでいるのか、と思うような老朽化した木造アパートがひしめきあい、スナックとか酒屋とか串揚げ屋とかたこ焼き屋がこれまたひしめきあい、道路の端は常に煙草の吸殻や丸めたティッシュや片手しかない軍手の吹きだまりだ。

一度だけ海賊がつけるような黒い、アイパッチというのだろうか、あれ（ご丁寧に髑髏のマークがついていた）が落ちていたことがあって、発見時に隣人と「近所に海賊が住んでいるんだ、絶対そうだ」と盛り上がった。でもこのあたりに海はない、川ならあるが、

じゃあ川賊か、というような話もした。

十代の頃の自分に、あなたはいわゆる「不惑」と呼ばれるような年齢が近づいても川賊がどうとかしょうもない話をして喜んでます、と教えてやったらどんな顔をするだろうか。絶望するだろうか。私のことだから安堵するかもしれない。

夫と別居中で子どもはいない、ちょっと前まで契約社員で勤めていた会社の契約期間が切れたから職探し中だ、と続けたらやっぱり絶望しそうな気がする。

この角を曲がるとアパートにたどり着く。なんとなく嫌なものを踏んだ感覚があって、見るとやはりスニーカーの靴底にガムがへばりついていた。「うわ」と声に出してから「まあ別にいいけど」と心の中で続けた。

そしてすぐに「いいわけないだろ」と思い直した。

私は子どもの頃から実に多くのことを「別にいいけど」と、全然良くないことも含めて強引に受け入れようとする傾向があった。数年前から、すこしずつそれをやめていこう、と心がけるようになった。良くないことは、良くないのだ。受け入れる必要のないことはいっぱいある。

宏基と結婚したのは、二十七歳の頃だ。宏基は私より七歳年長で、身長は私より二十センチ高かった。がっしりしていて、横幅もそれなりにあった。だから第一印象はやっぱり、

「でかいな」というその一言につきた。むこうは私を「ちいせえな」と思ったのかもしれない。いつか訊こうと思っていたのに、とうとう訊きそびれた。

もともと宏基の母の光恵さんと知り合いだった。光恵さんが自宅で開いているリボン刺繡の教室に通っていたのだった。このあいだ息子がうちに来た時にあなたを見かけたらしくてねえ、恋人はいるんだろうかとか、しつこく訊いてきたわよ、一度会ってあげてくれないかしらねえ、などと再三言われて、適当な返事をしているうちに三人でごはんを食べにいくことが決定していた。光恵さんは宏基に私のことを「さっぱりした感じの娘さん」と話していたらしい。ということはこの人は「さっぱりした」女と交際をしたいのだと理解し、では「さっぱりした」ふるまい（電話をしつこくかけない、つまらぬやきもちを焼かないなど）をせねばならぬと心がける程度には、私は宏基を「良いな」と思った。

光恵さんは事前に教えてくれなかったのだが、宏基には離婚歴があった。前妻とのあいだに、娘もいた。今ではもう高校生になっている。離婚時に相当粘ったらしいが、親権は取れなかったという。前妻の家はかなりの資産家らしかった。それを知った頃にはもう、「良いな」どころかかなり好きになってしまっていて、その感情の前では離婚歴など、たいした問題ではないように思われた。

結婚する前の宏基は、いつも私を見ていた。美術館に行っても、動物園に行っても、絵でも生きものでもなく。顔を上げるといつもやさしい視線にぶつかった。弓が楽しそうにしているところを見るのが楽しいんだ、と言っていた。見守られているという感じがした。時々、仕事の愚痴をこぼす時があって、それさえも私はあの頃、嬉しかった。私の前で、弱さをさらけ出してくれている、などとも思っていた。とにかく好きだった、ということだ。いろんなものが見えなくなってしまうほど。

メゾン・ド・川の、私の部屋は二〇三号室だ。階段をのぼりきった時、お隣の二〇五号室の扉が開いて男が出てくるのが見えた。すれ違いざまに、小太り、と思う。

隣人の部屋に出入りする男性の顔ぶれは多彩だ。初老もいれば、学生ふうもいる。腺病質っぽい人もいれば、こういうプクプクした体形の人もいる。多彩過ぎないかと思うが、隣人は「時期は被っていない」というので、たいした問題ではないのだろう。二股をかけない、既婚者とは関係を持たない、というのが彼女の掟であるらしい。

小太りはなんとなく気まずそうに会釈をして、早足で歩いていく。二〇五号室の扉が開いて、隣人が顔を出した。「弓子」と私を呼ぶ。ドアスコープから覗いていたらしい。隣人の名は島田楓という。可憐なその名を、私は呼び捨てにはしない。楓さんと呼んでいる。

「弓子、今日の夜空いてる？」

「空いてる」

ポケットから鍵を取り出しながら、楓さんのほうを見ずに答えた。空いているもなにも私無職だから、と続ける。

「あたし今日退職日だから、慰労会してよ」

「いいよ」

何か食べたいものがあるかと訊くと、すこし間があって「揚げもの」と楓さんは答えた。調理法は指定するのに食材は指定しないのか。この人おもしろいな、と思いながらまた「いいよ」と答えて、自分の部屋に入った。


別居のはじまりは、わりあい衝動的なものだった。

二年ほど前に、まだ中学生だった宏基の娘が夜中に繁華街をうろついて補導されるという事件があった。娘は母親の携帯電話や家の番号でなく、宏基の携帯電話の番号を言ったらしかった。電話を受けて、宏基は押っ取り刀で飛んでいった。

それ以来、娘関連の連絡がしょっちゅう宏基の携帯電話にかかってくるようになった。警察から連絡があるパターンと、前妻から「そっちに行ってないか」と訊ねてくるパター

ンと、娘自身が「五分で迎えに来てくれないと死ぬから」みたいな物騒なことを言って呼びつけるパターンとがあり、いずれの場合も宏基はすぐさま家を飛び出していく。

ある日、専門機関に相談したほうがいいのではないか、と提案したところ宏基は、これは親子の問題だと突っぱねた。口をはさむな、とも言われたので、それ以来私は宏基の娘の件に関して一切口を出さなくなった。

宏基の帰りを、あの日、私はリビングで待っていた。たまたま夜更かししていた、という態で待っていた。宏基は娘のことを「不安定な時期」と表現し「いずれ落ちつくと思う」と言っていたけれども、いずれ、がいつなのかは不明だった。

ソファーに座っていた。午前三時五十九分から四時ちょうどになったのを、音を消したテレビの画面で確認した。歩け、という声が頭の中でして、私は立ち上がった。歩け。歩け。財布と携帯電話だけをコートのポケットに入れて、家を出た。声はなかなか止まなかった。歩け。歩け。歩け。そのまま二時間以上も歩いていたようだった。

誰かに「弓子さん」と呼ばれた。明けがたの空気に晒され続けた耳は完全に冷え切っていて、頭の奥がじんと痺れるようだった。頭の中の声かと思ったが、そうではなかった。振り向いて「光恵さん」と答えた。

どうしたの、と問う光恵さんはパジャマの上にガウンのようなものを羽織っていた。は

やくに目が覚めて窓から外を見ていたら弓子さんが歩いてきたから、あわてて出てきたのよ、と言う。ああ、とはじめて、周囲を見まわした。いつのまにか宏基の実家の近くを歩いていたらしい。宏基とふたり暮らしのマンションからは、ずいぶん離れている。

「家を出てきました」

答えてから、自分でちょっと驚いた。いつものように、ただ声に従って歩いていただけのつもりだったから。出てきた、と表現してから、私はずっと嫌だったのだ、と気がついた。宏基の娘が「いざとなったらパパは、今の奥さんと娘の私とどっちを取るの？」というような質問をするらしいことも、それを宏基がいちいち私に報告することも、「まあ別にいいけど」と平静を装う私に毎度「なんだよそれ他人事みたいに」と怒ることにも。

私がものすごく驚いているというのに、光恵さんはすこしも驚かずに、ああ、そうなの、と頷いた。

寒いからとりあえず中に入りましょうか、と光恵さんは続け、私は自分の発言にぼうぜんとしたまま、ついていった。

一年ほど前から続いている宏基の娘の「不安定な」行動について、光恵さんは息子からなにも聞かされていないようだった。自分の孫にあたるわけだが、私の説明に「まあ、私はあの子とはずーっと昔に会ったきりだし」などとそれこそ他人事のように言い放っ

た。

　光恵さんは「もしかしたら、離婚……」と言いかけた私を押しとどめ、とりあえずいきなり結論出すのもあれだから、ちょっと別居してみたら？　ね、そうしなさい、と続けた。

「うちの近くに、アパートがあるでしょう。メゾン・ド・川っていう」

　あそこずっと空いてるのよ。それに家賃も安いらしいの。光恵さんはスーパーのタイムセールの情報を教える時によく浮かべる得意げな表情でもって、私に教えてくれたのだった。

　あとで知ったことだが、メゾン・ド・川ではこれまでに二度の自殺があったらしい。いずれも今私が住んでいる部屋ではないが、なにか出る、おもに幽霊的なものが出る、という噂がまことしやかに流れていたそうで、だから入居者が少ないのだった。光恵さんは悪気なく大事なことを言い漏らすタイプらしい。

　ともあれ、私はメゾン・ド・川の大家と賃貸契約を交わした。気持ちは九割がた離婚に傾いていたけれども、そのための話し合いを同じマンションで暮らしながらするのはちょっと難しいだろう、という思いもあった。

　家賃はたしかに、相場より数千円安い。幽霊が出るのかどうかは、今のところ定かではない。しかしなにぶん私は近眼なので、たとえば廊下などに幽霊が出現していたとしても

幽霊だと判別できずにただの住人と間違えて、会釈などして通り過ぎた可能性がおおいにある。

スーツケースをふたつ抱えて、マンションを出てきた。ここでの暮らしも、もうすぐ一年になる。

弓子さん、と夕方買い物にいったスーパーマーケットの通路で、背後から呼ばれた。歌うようなその声で、振り返らなくても誰だかわかった。光恵さんだ。振り向いて、頭を下げた。光恵さんは醤油(しょうゆ)と乾物のあいだで、にこにこしていた。

光恵さんの洋服にはたいてい小花模様がプリントされている。もしくはレースがあしらわれている。小柄でほっそりとしているから、それはとてもよく似合っている。三十歳以上も年上の、しかも夫の母親という立場の人に使うのは不適切な表現かもしれないが、かわいらしい人だ。

光恵さんは身体をこころもち斜めにして近づいてきて、私の買い物かごをのぞきこみ、いっぱい買ったのねえ、と率直な感想を述べた。はい、と私も身体をこころもち斜めにして答える。

なぜふたりしてこころもち斜めになっているのかというとスーパーマーケットの通路が

著しく狭いからだ。お買い得商品がぎっしりと陳列されているために、そうなる。今ここで大地震が起こったらという不安に苛まれながら買い物をしなければならぬような店なのだが、肉も魚もこのあたりではいちばん安いのでついここに来てしまう。

光恵さんの買い物かごには飴がひと袋とみかんと、それから味付け海苔が入っている。

一気に寒くなりましたね、そろそろ紅葉の季節ですね、京都とかきれいでしょうね、というようなことを話しながらアパートまで歩いて帰った。とりとめのない話を続ける光恵さんの横顔を見ながらふしぎだな、と今までに百回以上思ったことをまた思った。

夫と別居していることを知った人たちは、私に様々な言葉をかけた。いきなり詰ってくるような人もいればやわらかく諭すような口調の人もいた。選ぶ語句も人それぞれ違っていたが、けれども全員が全員、要約すると同じ意味のことを言っていた。あなたはわがままだ、ということだ。

前妻に引き取られたとはいえ、子どもがいる人と結婚したのだから覚悟しておくべきだったのではないか。結婚とは忍耐だ。我慢が足りない。浮気とか暴力とか借金とか、そんなのよりずっとマシなんだから。なにがあっても奥さんはどっしり構えておかないと、などとも言われた。離婚したって親は親なんだから、子どものことで必死になるのは当たり前じゃないの、ともよく言われた。

私が嫌だったのは、夫が娘のことで必死になっていることではなかった。娘の問題が長引くにつれ、宏基の私に対する物言いや態度がどんどん雑になっていったことだった。「娘さんのことで疲れきっていて、あなたに甘えていたんじゃないの」と庇う人もいた。そのとおりだ。宏基は私に甘えている。私がすこしでも口をはさめば「これは親子の問題だ」と言うし、黙っていれば「無関心」と怒り出す。

十数年出番のなかった父としての包容力のようなものを、宏基はおそらく娘に対して最大限発揮しようと、必死でがんばっていたのだと思う。そうしてそれはすぐにすっからかんになってしまって、だから私に補充を求めていたのだろう。でも私も、無尽蔵に包容力を発揮できるような、そんな菩薩のような女ではなかった。すぐに宏基と同じようにすっからかんになった。

「俺にまかせておけ」と電話口で前妻に言っているのをうっかり聞いてしまった時、私は笑った。かわいた笑いだった。要するに宏基は誰にも嫌われたくないんだな、と知った。前妻にも娘にも、周囲の人にも、みんなにいい顔をしたいんだ。でも私にだけは甘えてもいいと思っている。なぜか。それは、そうしても私が絶対に離れていかない、と考えているからだ。つまりなめられている、ということだ。

わがままだとみんなに責められた私は、それでも別に傷つきはしなかった。わがままか、

それがどうした、と思った。私は朝の連続テレビ小説の主人公ではないからみんなに好かれる必要はないし、私の人生は最長でもあと半分ぐらいしか残っていないのに「他人から、わがままで我慢がたりない人間だと思われたくない」とかっこうをつけている場合ではない。それに、あなたはわがままだ、と責める人たちが宏基の問題を肩代わりしてくれるというならまだしも、絶対にそんなわけないのだから。

だからどうってことはなかったのだが、ただ宏基の母である光恵さんがなにも言わないというのは、ふしぎなことであるよなあと思わずにはいられない。

そういえば結婚が決まった時も、光恵さんはふしぎだった。結婚式を執り行わないことなどを説明しようとする宏基を手で制して、これから私のことをなんて呼ぶの、お義母（かあ）さんなんて呼ばないでね、光恵さんって呼んでよね、と何度も頼んだ。

「ね、ちょっとうちに寄ってかない」

実はついにアレを入手したのよ、と光恵さんは口もとに手を添えて、小声で言った。アレをついに、と私も小声で答えた。別に違法なものではないので殊更に声をひそめて「アレ」などと呼ぶ必要はないのだが、なんとなくそうなってしまった。

いったんアパートに帰って買ったものを置いてきていいですか、とことわって別れ、海老（えび）や肉や野菜を冷蔵庫に仕舞い、歩いて五分の光恵さん宅をおとずれた。表札のうえに

「矢嶋刺しゅう教室」と小さく書いてある。

以前は二週間に一度、ここに来ていた。光恵さんがリボン刺繍をはじめたのは意外にも遅く、四十五歳で夫に先立たれてからのことだそうだ。お葬式の最中にね、やろうと思ったの、と光恵さんは言っていた。ほんとうは晩年の楽しみにとっておこうと考えていたのだけど、晩年ってでもいったいいつなんだろう、と思ったのよ、もし五十歳で死ぬとしたら、今まさに晩年じゃないの！　ってね。だそうだ。

居間の壁面の、いちばん目立つ場所には薔薇の刺繍が額に入れられた状態で飾られている。今までに十人ほどいた生徒の中で、おそらく私がいちばん光恵さんと親しい。嫁と姑という関係となったからではない。おなじ人を愛しているからだ。もちろん宏基のことではない。

「じゃーん」

居間に入るなり、効果音つきで光恵さんがＤＶＤのケースを掲げる。

「おお」

思わず感嘆の声を漏らしながら、私はＤＶＤのパッケージの「藤井一真」という名前に見入る。『道連れ』というこの映画のＤＶＤは既に廃盤になっていて、ネットオークションなどでは常に一万円以上の値がついていた。いくらなんでも高額過ぎる、でも観たい、

と常々光恵さんと言い合っていたのだったが、ついに買ってしまったらしい。

「年金で買っちゃった」

さあ観ましょう、と微笑(ほほえ)みながら、光恵さんは私にソファーに座るように促す。

藤井一真は俳優ではあるが、しかし私たちにとってはただの俳優ではない。星なのだ。「名脇役」とよく評される。出演していると聞いたので映画館に観に行ったら出演場面が二分ぐらいだった、ということがよくある。

もとは小さな劇団に所属していて三十歳を過ぎてから映画やテレビの仕事をするようになった、と答えている雑誌のインタビューの記事は切り抜いて大切に保存してある。

藤井一真はギターを弾く。ピアノも弾く。左利きだ。整っているがいわゆる美形というのとは違う顔をしている。見た目は温厚そうだ。誠実そうでもある。それなのに冷酷な殺人犯の役なども、見事にこなす。なめし革の感触のある、低い素敵な声をしている。テレビをつけていてなにか他の作業をしていても、ひとこと台詞(せりふ)を言えば「あっ藤井一真だ」とすぐに気づく。

星は美しい。そして遠い。手に入れたいとは思わない。空に輝く星は、実際は自分の手におえぬ大きさであることぐらい誰でも知っているはずだ。

藤井一真の私生活は謎が多い。バラエティ番組などに出て気さくな振る舞いをするよう

なことはない。雑誌のインタビューでもだいたい、演技のことばかり喋(しゃべ)っている。添えられた写真はいつも凜(りん)としていて、背筋がまっすぐ伸びているから見ている私も背筋を伸ばしてしまう。

刺繡教室に通っていた頃に最近観た映画の話になり、話の接ぎ穂に「私は藤井一真という俳優さんのファンで……」と言ったところ突然光恵さんがばっと顔を上げ、刺繡枠と針を放り出してにじり寄ってきて「私もファンなのよ！」と発言したため、ふたりで異様に盛り上がってしまったのだった。いわゆる人気俳優という存在ではないために、日常的に自分の他に熱烈なファンに偶然出会うようなことはないとお互いに思っていて、だから手を取り合わんばかりに喜んだ。

自分の息子とほとんど年齢が変わらない藤井一真について、光恵さんはやはり「見ているとなんだか、しゃんとしなきゃ、と背筋が伸びるのよ」と評している。

『道連れ』は唯一、その藤井一真が主役をつとめている映画なのだった。監督も、相手役の女優も、名も顔も知らない人だ。わくわくしながら、ソファーに腰をおろす。

罪を犯した女とともに旅を続ける、なにか心にすこやかでないものを抱えた男、というような設定らしかった。八ミリビデオで撮ったような映像の、なんというか実に暗い映画であることが観ているうちにだんだんわかってくる。

ううむ、とソファーの上で尻をずらしながら思う。旅の場面は白黒なのだが、時折カラスが飛ぶカラーの映像がなんの脈絡もなく挿入される。私こういうのちょっと苦手かも、と思いながら視線を隣の光恵さんに向ける。光恵さんは私の視線には気づかず、前のめりぎみの姿勢で真剣に鑑賞を続けていた。そうこうしているうちにまたカラスが飛びはじめて、うわまたカラスかよ、勘弁してくれよ、とうんざりする。難解なメタファーを読みとろうとするような気力は今の私にはないのだ。

『道連れ』の主人公がなんだかんだと女と揉めたのちに刺されて死に、その後すぐに女も車に轢かれて死んでしまうという救いのないラストシーンを迎える頃には私は疲労困憊していて、ソファーにもたれてしまった。

「弓子さん」

リモコンを静かに置いて、光恵さんがこちらを見る。映画がつまらないと思っていたことを咎められるのかと思って「あっハイ」と姿勢を正した。

「離婚してもいいのよ、別に」

「えっ」

なんですかいきなり、と言うと、光恵さんはＤＶＤのパッケージをこつこつと叩いた。

「一緒にいて死んじゃうぐらいなら別れたほうがいいのよ」

私がメタファーについて苦悩しているあいだに光恵さんがこの映画から得た結論は至極簡潔なものだった。一緒にいて死んじゃうぐらいなら別れたほうがいい。

そうですね、と答えるわけにもいかず、まあ死にたくはないですよね、と曖昧(あいまい)に濁した。どれほど親しく時間を過ごしていても、やっぱり光恵さんは「夫の母」なのだから言葉は慎重に選ばねばならない。

しかし離婚する気があっても、手続きのしようがないのだ。だって宏基が今どこにいるのかわからない。私は別居中なだけでなく失踪中の男といまだ婚姻関係にある、むやみに複雑な事情を抱えた女なのだ。

「でも私、弓子さんに会えなくなるのは嫌だわ」

光恵さんは「いくら私が変わらずお友だちでいましょう、と言ったたって、弓子さんはきっとここに来なくなるでしょう」と目を伏せ、身体を左右に揺らす。

いよいよ返事に困って、「藤井一真、さすがに若かったですね。もう十五年以上も前の作品ですもんね」と映画に話を戻した。

光恵さんはそうね、と頷いてから、海が出てきたわね、と続けた。

「海……ああ」

昔住んでいた島によく似ていた、と光恵さんは遠い目をする。ああ、あの。私は頷く。

宏基はその島で生まれ、高校に入学するまでそこに住んでいたらしい。光恵さんの夫、つまり私の舅である人物の死後に光恵さんは島を出て、自分の実家があるこの街に住みはじめた。光恵さんの夫の墓は島にある。島には夫の親族がいて、諸事情あって現在は宏基のハトコにあたる女性がいわゆる墓守というやつをしている。以前は年に二回ほど墓参りに通っていたらしいが、去年ぐらいから長旅がつらい、という理由で行っていない。何時間も新幹線に揺られたうえ、バスに乗り、フェリーで海を渡らなければならないのはたしかにつらくハードな旅だ。私も結婚当初「父の墓前に連れていく」という名目で宏基に同行させられたが、二度とついていくもんか、と道中五百回ぐらい思った。

「弓子さん」

宏基をねえ、と光恵さんが言うので、身構えた。

「さいきん、島で見かけたという人がねえ、いるのよ」

島に住んでいる古い友人から電話がかかってきた、と光恵さんは言うのだった。島の居酒屋の前を通りかかった際、それらしき男の人が、店内で飲食する姿を見かけたのだという。宏基が島に住んでいたのはもう何十年も前の話で、ちょっと自信がないけれども面影がなんとなく、とのことだった。用事があったので急いでおり、声をかけそびれてしまい、用事を済ませてふたたびその酒場をのぞいたらもういなかったらしい。

光恵さんはどうやら、この話をしたくて私を呼んだようだ。『道連れ』を鑑賞するためではなく。

いっぺんに抱えこみ過ぎた、という宏基からの電話が私の携帯にかかってきたのは、別居をはじめてから一か月後のことだった。俺は逃げる、卑怯(ひきょう)だと思ってくれていい、と一方的に言って電話は切れた。会社に辞表を出していたことが後日わかった。ふたりで住んでいたマンションに行ってみたらもぬけのからだった。つまり家財等、すべて処分して消えたということになる。

どこで調べたのか、宏基の娘が私の携帯電話にかけてきて、パパはどこに行ったんですか、と泣きじゃくったが私は「知りません」とひとこと言って切った。

しばらくは身元不明の遺体が発見されたニュースなどを見るたび不安になっていたが、じきに、宏基は生きているに違いない、と思うようになった。あれだけ周到に後始末をして消えたのは「会社やマンションの管理会社には迷惑をかけてはならない」と思う程度の精神的な余裕があったということだろうから。生きたい、という意志があったからこそ、宏基は逃げたのだ。

「島に行ったのは結局、生まれ育った場所に帰った、ということでしょうか」

「さあ、いろんな場所を転々としている途中で立ち寄っただけかもしれないし、よくわか

らないけど」

行方をくらまして以降、私のところにも光恵さんのところにも宏基からの連絡はない。失踪直後はさがしたものの手がかりがなく、その後は自分ひとりの生活に追われて、宏基のことまで考える余裕がなかった。今日の仕事、明日のごはんのことを考えるので精いっぱいで、正直いなくなった人のことなど後まわしにしたかった。

言葉にして説明するとひどく冷淡だが、しかし本音を言えば、そういうことだ。

「弓子さん」

光恵さんがまた私の名を呼ぶ。それから片眉を上げて、どうする？　と言う。どうする？

2 楓

職場での最後の一日は、あっけなく終わった。引き継ぎも済ませていたし、やることがなくて困ったほどだった。更衣室で、『横地(よこじ)つけもの』という社名の入った紺色の上っ張りを脱ぐ。たいした仕事もしていないのに、ロッカーの扉の裏についている鏡にうつるあたしはなんだかとても老けていた。ほうれい線がやけにくっきりしている。

まる五年、事務員としてここで働いた。今日で終わりだと思うと、せいせいする。

更衣室は、倉庫と兼用になっている。入り口には「入室時はノックをすること」というはり紙がしてあるのだったが、それを書いたはずの社長の横地がいきなりノックもせずに扉を開け、入ってきた。あれ、いたの？　とわざとらしく目を丸くする。

「いますよ」

あたしはカーディガンに袖を通しながら、つめたく言い放った。数メートル離れているのに、横地の整髪料の匂いでむせそうになる。更衣室に入っていくところを見ていたくせ

に、なにが「あれ、いたの?」だ。あたしがひとりになったタイミングを見計らって、入ってきたくせに。

「送別会、ほんとうにしなくて良かったの?」

「ええ」

あたしとの別れを惜しんでる人なんて別にいないでしょ、とつんとそっぽを向いて言ってやった。

横地は腕組みをして、ロッカーに寄りかかっている。目が合うと、にや、と笑った。きもちわる、と思う。あたしより五歳年上の横地つけものの二代目社長である横地は、中途採用の面接の時からきもちわるかった。

履歴書の最終学歴の高校の名にのっかっている○○市立、の市がこの街から遠く離れた場所であることに異様にこだわり、なんでこっちに来たの? なんで? としつこく尋ねた。あたしが黙っていると「ふぅーん。わけありってやつだ」とにやにや笑った。

採用された後も、横地は「ねえ島田さんって、どうして今まで結婚しなかったの。さびしくないの、ひとりで寝るの。さびしいでしょ、ほんとうは」と何度も話しかけてきて辟易した。つきあってる人はいますから、さびしくないです、ご心配なく、と答えたところ横地はあたしを性に関してオープンな女、と思ったらしい。食事やら何やらにぐいぐい誘

ってくるようになった。いきなり「週末、温泉行こうよ」と言われたこともある。しばらくは「温泉」という単語を目にしただけでオエッとなるようになった。

横地が海外へ旅行に行った際のお土産（みやげ）としてしょうもないハンカチとか口紅とかそんなものを「パートさんたちには内緒だよ」とこそこそ手の中にねじこまれたりもした。最初は律儀に「困ります」と突っ返していたが、最近は面倒なので「それはどうも」と受け取って、すぐに捨てることにしていた。好きでもない男からもらった趣味ではない品を置いておけるほど、あたしの住まいは広くないのだ。

「制服はクリーニングに出してから、宅配便で送りますので」

ばん、と音を立ててロッカーの扉を閉める。そのままでいいよ、と横地は、あたしの手から上っ張りを奪った。鼻先を近づけて「……島田さんの香水の匂いがするね、これ」などと言ってにやついている。ひったくるようにして奪い返した。

横地つけものはつけもの工場と別棟に事務室と社長室があって、その敷地内に横地の自宅もある。横地の妻と中学生の息子も、もちろんそこに住んでいる。

工場の入り口で、製造のパートさんと出くわした。パートさんは五十代から六十代の主婦が中心で、入社当時三十六歳、現四十一歳のあたしは若手の扱いだった。横地もパート

さんたちからは「かわいいぼく」みたいな感じであつかわれていた。社長なのに。そして横地なのに。

「島田さん、今日までだったね」

おつかれさん、とパートさんは軽く頭を下げて、脇を通り抜ける。あたしはこの人に一度、社長に食事などに誘われて毎回断るのが面倒なので二度と誘われなくなるような断りかたはないだろうか、と相談したことがあった。

なにそれ自慢？　というのが彼女の回答だった。自慢なわけがないだろう。ふたりきりの時に話したことだったが、翌週には十名ほどいるパートタイマーの全員がその話を知っていた。

「小娘じゃあるまいし、男のあしらいかたぐらい知ってるでしょ」とある人は言った。

「隙と言ってはなんだけど、島田さんがそういうことを許す雰囲気をつくってた、っていう可能性もあるかもしれないよ」と別の人は言った。なんであたしのせいみたいになってるのよと憤慨して、それ以上はなにも言わなかった。相談する相手を間違えたということだけはよくわかった。

あたしは横地が大嫌いだった。横地は見下せる女にしか言い寄れない男だ。この程度の女なら俺でもいけるかも、という思いが目つきから、言葉の端々から、漏れ出てしまって

いる。さびしいでしょ？　さびしいんでしょ？　訊かれるたびに反吐が出そうだった。

でも今日でおしまい、と歩きながら声に出したらすっきりした。年齢が上がれば上がるほど再就職は難しいよと周囲にさんざん脅されて、だからずっと躊躇していたけれども、やっぱり辞めてよかった。心なしか身体が軽い。こんなにも気分が晴れ晴れするなんて。やっぱり合わない職場って身体にも心にも悪いんだ。

おっしまい、おっしまい、と節をつけて口ずさみながら、どんどん歩く。

酒屋さんに寄って、ちょっといいお酒を買って帰ろうと思った。あたしも弓子もあまり飲めないから、ちょっといいお酒をちょっとだけ。扉を押して入っていくと、お店のおじさんがあたしににこっと笑いかける。棚にずらりと並んだワインを眺めて、うーん、と呟いた。

「あんまりお酒に強くない人間ふたりで飲みきれて、酔い過ぎなくて、おいしいのありますか？」

はー、じゃあこれかねえ、とおじさんは青いほっそりしたボトルを持ってくる。甘くて、度数も弱めだからおすすめだよ、と言うのでそれにした。

家でデナーかい、とボトルに白い網のようなものをかぶせながらおじさんが笑う。ディナーをデナー、と発音してしまうお茶目さにあたしは微笑む。かわいげのある人が好きだ。

年寄りでも若者でも。男でも女でも。

ふとヒラツカさんの顔が浮かんだので、かき消すように急いで首を振る。明けがたに服を着ながら、さよなら楓さん、と言ったヒラツカさん。もうこれ以上考えてはいけない。

酒屋さんを出て、また歩く。自分のヒールがアスファルトを叩くこつこつという音が、横地つけものが遠ざかるにつれどんどん軽くなっていくのを感じる。

今日は弓子とたくさん喋って食べて飲もうと思った。目覚まし時計をかけずに寝よう。明日は昼過ぎまで寝ていたっていい。また職探しやらなんやらでしんどい日々がはじまるんだから、今夜と明日いちにちぐらいは、好きなように過ごしたい。ひとりで生きているからこその特権だ。

この街に移り住んだのは十五年前だ。その頃結婚するつもりでいた男が転勤になり、それについてきたかっこうだった。すぐに籍を入れなかったのは転勤と前後して男の祖父が死に、「喪があけるまでは入籍はしないように」と男の両親から厳しいお達しがあったためだった。

慣れない土地でのふたり暮らしがはじまって、ゆっくりとあたしたちの関係は悪くなった。あれは不思議だったなあ、と今でも思う。

互いに頼る相手のいない土地でふたりきりで寄り添って暮らしているのだから結びつき

が強まりそうなものなのに、男のやることなすこと目について苛々（いらいら）するようになった。食事の時にお箸を引っかけて皿を引き寄せるのも嫌だったし、テレビとラジオを同時につけるのも嫌だった。

男も同じ思いだったらしく、あたしがゴミを丸めてゴミ箱に投げる癖もつまさきで扉を閉めるところも嫌で嫌でたまらなくなったと言い、あたしの淹（い）れたお茶が無駄に濃いのは思いやりの精神が欠けているからだと怒った。ものを投げつけたり罵られたり、そんなことを数か月続けたあと、そうだ別れればいいんだ、とものすごくシンプルな結論に達して、あたしは男の部屋を出た。

あれからもう十五年もたつのだ。あの男はまたどこかに転勤になって、きっともうこの街にはいないだろう。今となっては、入籍をする前に別れて良かったと思っている。離婚の手続きというのは、ひどく煩雑らしいから。

この先、自分が誰かと結婚することなんてあるのかなあと思う。生活空間に常に他人の姿があるというのは、しんどい。男なんて時々会いに来てもらうぐらいがちょうどいいんだ、きっと。配偶者という存在がしんどいなら、子ども、というのはどれほどのものだろうか。あたしは赤ちゃんってかわいい、産んでみたい、と思ったことが一度もない。

あと五年ぐらいの辛抱だろうか、と思ったりもする。結婚しないの、とか、子どもは産

んでおいたほうがいいよ、とか周囲の人に言われずに済むようになるのは。今はまだだめだ。もう四十一歳ですからね、と軽くかわしても、最近は四十代で産む人もいっぱいいるじゃない、と食い下がってくる。そのあきらめない心、もっと有益なことに向けたら？と言いたくなるぐらいの食い下がりようだ。

結婚だとか出産だとかについて考えているとまたヒラツカさんのことを思い出しそうになるので、急いで頭を「弓子はどんな揚げものを作ってくれるのだろう」という予想に切り替えた。天婦羅かな。唐揚げもいいな。まさかのドーナツとかね。まさかね。たくさん油をつかうと狭い部屋に匂いが充満するし、後片づけも大変だし、あたしは自分ではめったなことでは「揚げる」という料理法を選ばない。そもそも料理自体、ほとんどしないけど。

弓子は料理をまめにするほうだ。ベランダづたいに、よく良い匂いが漂ってくる。醤油とみりんでなにかを煮ているような匂い。胡麻(ごま)油でなにかを香ばしく炒めているような匂い。

弓子のことは、隣の部屋に越してきたその日に存在を認識していた。扉のところに立って冷蔵庫かなにかをはこんできた青年に「それはいちばん奥に」と指示している姿を見かけたのだ。

その声の出しかたがなんていうか、なんという脂っけのなさだろう、とあたしを驚かせた。さらさらしていた。媚とか、愛嬌というものがいっさい含まれていなかった。もしかしたら弓子は含んでいたつもりかもしれないが、それがまったく表出していない発声法だった。ぶっきらぼうとか愛想がないというのとも違う。

こんな女もいるんだ、とびっくりしながら、見ていた。これまであたしの周囲にはひとりもいなかったタイプのような気がした。鍵穴に鍵をさしこんだまま立っているあたしに気づいて弓子が会釈したので、正面から顔を見ることができた。

眉の描きかたが雑だった。「面倒ですが、するという決まりになっているので、一応しています」というようなやる気のない化粧だなと思いながら、あたしは隣人になりたてほやほやの女の顔を見ていた。

数日たつと、隣の部屋から調理をする匂いが漂ってくるようになった。おかげであたしは、あーお腹すいた、というようなひとりごとを漏らすことが多くなった。ある日ベランダに出ていた時にカレーっぽい匂いがしてきて、うわーカレーかー、とつい声に出して言ってしまった。

隣は女のひとり暮らしっぽいのにカレーなんかつくって大量に余らせるんじゃないのか、と余計な心配までした。カレーかー、とまた呟くと、隣のベランダから「そうです。ただ

しドライカレーです」と返答があったので驚いた。いつのまにか弓子がいたのだった。

　応えるように、お腹がぐーと鳴ってしまった。ものすごく恥ずかしかったのだが、弓子は笑うわけでもなく、例のさらさらした口調で「食べます?」と言った。黙っていると「温泉たまごもありますけど」と続けた。温泉たまご?　と思わず訊き返してしまった。なんで温泉たまご?

　温泉たまごをのっけて食べるとおいしいんです、と言われて、屈した。ドライカレーの暴力的なまでにおいしそうな香りと「温泉たまごをのっけて」食べてみたいという好奇心に屈して、隣の部屋におじゃました。引っ越して間もない部屋はそれでもきちんと片づいていて、隣の住人の雰囲気によく合っていた。それが弓子とあたしのご近所づきあい的な関係のはじまりだった。いや、単にあたしが弓子からごはんをもらう関係かもしれない。

3　弓

光恵さんの家から帰ってすぐに夕飯の準備をはじめた。手を洗ってから、狭い台所に折り畳みの作業テーブルを置き、冷蔵庫から取り出したものを並べはじめる。揚げもの、と楓さんに指定されたので、串揚げにするつもりだった。

じゃがいもや蓮根や玉ねぎやピーマンを切っていく。海老は背わたを取って、キッチンペーパーを敷いたトレイに並べる。鶏肉はごく小さく切り分けて、それらに竹串を刺していった。私にとって料理というのは、仕事などで疲れて帰ってきてからやる場合には苦役以外のなにものでもないが、時間がたっぷりある時には楽しい。それでも取りかかりはちょっと面倒なのだが、やっているうちにだんだん興が乗ってきて、やるべきことを終えても「あと一品つくろうかな」などと冷蔵庫をのぞきこんだりしてしまう。

今日もそうだった。すべての串に衣をつけ終えてもなにか物足りず、そうだソースも何種類かあると楽しいのでは、と思いつく。ふつうのソースと別にタルタルソースも用意し

ようと卵を茹で、ピクルスを刻み、あっチキンカツの串にはトマトソースも良いのでは、などとまたもや思いついてしまう。ものすごい勢いで余っていた玉ねぎを刻んだ。フライパンで炒めてそこにホールトマトの缶を開け、ふつふつとしはじめたところで呼び鈴が鳴った。ドアスコープからのぞくと、楓さんが立っていた。

「はやかったね」

最後の日だもん、残業することもないでしょ、と答えながら楓さんはコートを脱ぎはじめる。いったん着替える、と自分の部屋に戻った。

鍋に新しい油をあけて、ガスコンロの火をつけた。十分後に部屋着のパーカーに着替えて戻ってきた楓さんは、ワイン買ってきた、と言って私にことわってから冷蔵庫を開けた。

冷蔵庫に入っていたマッシュポテトを入れたビニールにマジックで記された日付を見て「主婦っぽい!」と短く叫んでから、楓さんは私の肩越しに鍋をのぞきこむ。よろしいですなあ、と感想を述べた。

「よろしいよ。今のところ、とても良い出来」

衣をまとった海老が黄金に色づいて、網の上に行儀よく並んでいる。香ばしい匂いが、アパートのせまい部屋全体に充満している。

「送別会とか、なかったの」

やるって言われたけど断ったの、と答えながら、楓さんは私の後ろで腕を組んで立っている。お皿とお箸出してくれる、と言うと、その場を離れた。

皿と箸を並べたら手持ち無沙汰になったらしく、楓さんは棚に並んだ本の背表紙を眺め出した。

「哲学書とか読むんだ」

ああ、と私は菜箸を持ち直しながら頷く。結婚前に宏基がその哲学者の言葉を引用して喋っていたので、ちょっと興味を持って買って読んでみたのだった。

「どうだった?」

「全っ然わかんなかった」

後から知ったことだが、宏基は本そのものを読んだのではなく、何かの記事か小説に引用されていたのを覚えていて、私との会話に引用しただけだった。私の本を見て「弓、こんなの読むの!」と驚いており、何やら裏切られたような気分だった。

「よかった、安心した」

楓さんが本をぱらぱらとめくる。なんかへんなのはさまってた、とこちらに紙のようなものを見せる。

「なにこのへんな絵。怖いんだけど」

　ああそれ宏基の、と私は答える。胴が長くて気持ち悪い顔をしたウサギの絵を、宏基はなぜかよく描いた。退屈な時とか、電話をかけている最中とか、そんな時に、手慰みのようにして。私はその胴長ウサギがなぜか好きで、電話の脇のメモ用紙に描いてあったのを失敬して栞がわりに使っていたのだった。そこにはさんでいたこと自体、ずっと忘れていた。

　楓さんは「ふーん」と呟いて、また絵を本に戻した。

　私が引っ越した日に、楓さんはアパートの廊下で私の様子をめずらしそうにじろじろ見ていた。楓さんはその時赤色というか朱色のワンピースを着ていて、なんかこう、すごいな、と思った記憶がある。私は服を買う時いつも紺か黒か白になってしまって、かなりがんばってもベージュ、というぐらい冒険の幅が狭い。だからまだ名前も知らないその相手が着用している赤い服に感心してしまったのだった。

　なんでそういうことになったのかはくわしくは覚えていないが、土曜の昼に一緒にドライカレーを食べた。楓さんはパプリカが入っていることをやけにめずらしがり、温泉たまごをトッピングすることもこれまためずらしがり、「へえ、へえ」と言いながらよく食べた。顔立ちが整っているせいか黙っているとちょっと威圧感すらある楓さんだが、かかわ

ってみるといわゆる猫タイプの人だった。干渉してくる人は必死に遠ざけようとするのだが、こちらが適度に距離を保って接していると逆に甘えて擦り寄ってくる。

忙しくはなかったんだけど疲れた、と楓さんが大きく息を吐くので、黙って冷蔵庫で冷やしておいた缶のビールを差し出した。小さな折り畳みのテーブルに並んで座り、テレビはつけずに、しばらくあつあつの串揚げを食べることに専念した。私は三十九歳、楓さんは四十一歳、あとで強烈に胃もたれするかもしれない年頃なのだが、それもまた一興だ。

勤めていた五年のあいだの、最後の一年足らずのことしか知らないが、楓さんは横地つけものを、ものすごく辞めたがっていた。採用された初日から、社長の横地は「きもちわるかった」のだという。

楓さんはトマトソースをかけたマッシュルームの串に手をのばし、辞めてせいせいしたわ、と言ってマッシュルームをふたつほどいっぺんに口に入れる。これおいしい、と短く感想を述べた。

「それはよかった」

私もつられて、マッシュルームの串に手をのばす。丸ごと揚げるのははじめてだったけど、さくっとした衣とこりっとしたマッシュルームの食感が合わさるととてもおいしいということを今日発見した。あとやっぱりトマトソースもつくって正解だったと思う。私た

ちはどんどん食べて、串を皿の端に重ねていった。

「パートさんたちがね」

「うん」

「社長のこと嫌だ嫌だって言うけど島田さん、けっこういろんな男の人とつきあってるらしいじゃない？　とか言うのもずっと嫌だったんだよね。だったら社長でもいいじゃないの、相手してあげなよ、みたいな」

ねえなんで？　あたし別に男なら誰でも良いわけじゃないのよ？　良いなと思う男の人と良い仲になってるだけだよ？　男の人を選ぶ回数が他の女よりちょっと多いだけで、相手は選んでるのよ。いろんな男とつきあってたらなんで横地でもいいってことになるの？　ちょっと意味がわからない、と楓さんはまくしたてる。私は海老のしっぽが唇に刺さらぬように気をつけるのに忙しく、うんうんそうだね、と頷くに止めた。

「……まあそれも、今日で終わりだけどね」

「新しい仕事、どうするの？」

「さがす」

まあね、さがすしかないよね、と先週から無職の私と、明日から無職の楓さんは頷き合い、顔を見合わせて無意味にへらへらした。

お金はないけど、旅行とかしたい、と脈絡なく楓さんが言い出す。

「なんかこう、仕事がどうとかじゃなくて楽しいこと考えたい。せめて今夜だけは」

せめて今夜だけは、と復唱して、私はちょっと笑う。

「ねー」

「ねー」

おたがいに二缶目のビールを開けた。私も楓さんも実はそんなにたくさん飲めるわけではないので、これは大量の串揚げ同様の暴挙だ。そういえば楓さんはワインを買ってきていた。あれも今夜飲むつもりだろうか。

「弓子、新婚旅行はどこ行ったの？」

楓さんが問う。まだ旅行のことを考えているらしい。行ってない、と私は答える。

「俺、再婚だしあんまり派手なことしたくない、とか言うから。そんなもんかなと思って。私も飛行機苦手だし。まあいいかなって」

「ふーん」

楓さんは串から海老を外しながら、不服そうに鼻を鳴らした。

「つまんない男だったんだね。きもちわるい絵は描くくせに」

「胴長ウサギね」

楓さんは、ずーっとひとりの男と一緒にいるってどんな感じ？　と話題を微妙に変えた。飽きない？　などとも言う。

「どうだろ。私けっこう面倒くさがりだから」

宏基と結婚した時、もちろん嬉しかった。それは宏基が好きだったからというのももちろんあるけれども、もう新規の恋をしなくていいという安堵も大きかったように思う。

恋というのは面倒なものだ。食べものの好き嫌いとか、インドア派かアウトドア派かとか、あと家族構成とか、預金残高とか、それらのことをすこしずつ探りあて、記憶に止めていかねばならない。性的嗜好（しこう）のすり合わせも行わなければならない。

「すり合わせねえ」

「楓さんはそういうの面倒じゃないの？」

うん、と楓さんは即座に頷く。もし宏基と離婚をしたとしても、私はそれ以後楓さんのように精力的に新規の恋をすることができるだろうか。いやいや、と首を振る。そんな気力もない気がするし、それよりなにより勇気が必要だ。若い時ならいざしらず、この身体を人目に晒す勇気が。

「弓子、べつに太ってるわけじゃないし大丈夫だって」

「太ってなくても、たるんではいるもん」

　このへんとか、あとこのへんとか、と私は自分の横腹や二の腕の肉の余剰部分をつまむ。楓さんは「バカだねー」と鼻で笑う。

「電気消せばいいんだよ」

　そんなもんかなあ、と私は答えて、またビールを飲んだ。

「あと誰かと知り合った時、この人、見た目すごく誠実そうだけど、実は裏の顔とかあったらどうしよう、とか思わない？」

　あっハイハイあたしそれはだいじょうぶ、と楓さんがいきおいよく片手をあげる。

「だいじょうぶ、なの？」

「あたしの頭、へんな男センサーが搭載されてるから」

　実はめちゃくちゃ酒癖悪いとか、マザコンとか、そういうやつに出会うと「こいつにかかわるとあぶないぞ！」ってセンサーがピッコーン！　と反応するから、と楓さんは自分の頭の上で手のひらをパタパタ上下させる。

「ピコーンて？」

「違う、ピッコーン！　って」

　しばらくふたりで「ピコーン！」「ピッコーン！」と言い合っていると、携帯電話がごく短く鳴った。一度手に取って、戻す。

「いいの？」

楓さんに問われて、あー、うん。と曖昧に濁した。ビールをひとくち飲んでから、また携帯電話を手に取った。ちょっと前に興味本位でインスタグラムのアカウントを取得したものの、なにかにつけ写真を撮る習慣がないためにほとんど投稿はせず、フォローしている相手も黒柳徹子(くろやなぎてつこ)ぐらいのもので、たまに開いては楽しそうな黒柳徹子の画像を眺めるという使いかたをしていたのだったが、友人の里美(さとみ)が「インスタグラムはじめたのー、弓子やってる？　フォローしてもいい？」という連絡を寄こしてきたので了承したところ、彼女が更新をするたびに通知が来るようになったのだった。

里美は高校の同級生で、卒業してからも会うことはあるが必ず複数のあつまりで、ふたりだけで会うようなことはない、という程度の友人だ。

Sato-mi☆さんがあたらしい画像を投稿しました、という通知とともに、アイコンが表示される。里美の息子がバスタオルをマントのように巻いてポーズをとっている画像がつかわれている。いま、何歳ぐらいだったか。出産祝いを贈ったのはもう四、五年前だった気がする。

きょうはパパが半休をとってくれたので三人でイケアに行ってきました。リビングもそろそろクリスマス仕様にしなくっちゃ、云々、という文章と、イケアで買った小物を並べ

た画像を数秒見てから、楓さんに手渡す。

「こういうの」

楓さんはちらっと画面を見てから、あー、うん。と携帯電話を私に押し戻す。

「たまにこういうの見て『ふーん。で？　で、何だって言うの？』と苛立つ時があって」

「ああ、なるほどね」

「そういう時って、余裕がなくなってるんだなあ、と思う」

妬ましい、というほどの強い感情はおこらない。他人は他人、自分は自分、ということは、三十九年も生きていればよくわかる。それから、SNSには良いことしかのせない、ということだって、よくよくわかる。私だってたぶん、たとえば今日のこの瞬間をSNSに投稿するとしたら、いい按配の写真を撮るために苦心するだろう。串揚げの角度を変えたり、汚れた皿や床に置かれた箱ティッシュがうつりこまないように奥へ奥へと押しやったりするだろう。

「それでもやっぱり、なんかこう、ね」

なんかこう、と言われても困るだろうと思ったが楓さんは「うん。なんかこう、なんでしょ？」と頷いた。

ハローワークに行ってなんの成果もなく帰ってきた後とかに見るとさ、なんかこう、な

んだろうな、って思うんだよ。どうしても。私は言葉を切って、ビールを飲む。普段はそんなことは他人に話さないのだが、酔いのせいでフィルターの目があらくなっている気がする。

「あさましいんだよ、私は」

「あさましいって」

楓さんは笑う。笑ったはずみでちょっとビールが胸元にこぼれた。

他人のSNSの投稿を見ていちいち「撮影前にこう、ティッシュの箱とかダイレクトメールとか脇にどけたんだろうな」とか「やっぱりおしゃれなカフェとか入るたびに『あっ撮らなきゃ』って思うんだろうな」とか考えるのは、もっと言うとそう考えることでなにか優位に立ったような気になるのはあさましいことだ。自分がやっていないなにかをやっている人に「フッ、よくやるわ」という視線を向けて何者かになったような気分になるのは。

心の中で思った私の言葉は、またフィルターをそのまま通過して楓さんに届き、楓さんをげらげらと笑わせる。

ちなみにフィルターとは、思ったことをそのまま口に出すべきか否か、という判断をするためのフィルターのことだ。通過してよし、とフィルターが判断した考えだけを、言葉

として発する。「バカじゃないの」と思った場合であっても「ユニークだね」といくぶんマイルドに変換して出力してくれる便利なフィルターなのだが、酔うと機能しないのだとしたら問題だ。人前で飲酒をすることに慎重になったほうがいいかもしれない。

「年とっただけかもよ」

まああたしにはそんなフィルターはもとからないけど、と笑いながら楓さんがふわふわと雲の上を歩くような足取りで冷蔵庫に近づいていく。

「おばさんってなんでこんなにずけずけものを言うんだろう、と子どもの頃ふしぎだったんだけど、あれは弓子の言うフィルターが加齢とともに破れかぶれになった状態なのかもしれない、と今思った」

ワインの瓶を取り出している。コルク栓ではなくスクリューキャップだったらしく、手首をひねって開けた。ワイングラスなどというものはこの部屋に存在しないので、麦茶用の小さなグラスで飲む。シロップみたいに甘くてとろりとしていて、串揚げをたくさん食べてあたたかくなったお腹の中に冷たくしみわたるようだった。そうか、加齢か。うん、加齢だよ。と言い合っているうちになぜかおかしくなってきて、ふたりでげらげらと笑った。

「そういえば」

フィルターがバカになったついでに、という感じで私は口を開く。宏基のことを、楓さんに話した。

「へー。で、今も島にいるの。あんたの旦那」

「それはわかんないけど」

光恵さんに「どうする?」と言われちゃったよ、と肩をすくめる。どうするったってねえ、と楓さんは笑い、ワインの残りを飲み干してから突然ぱん、と音を立てて両手を合わせた。

「行こうよ、その島」

ちょうどいいじゃない、海水浴もできるんじゃない? 十一月という季節を完全に無視した言葉を、楓さんが放つ。

「行って、もしそこに宏基がいたとして、私が迎えにきたら嫌なんじゃないかな」

連絡をしてこないのは、そうしたい気持ちがないからで、そんな相手がわざわざ自分を捜しにくるなんて、ぞっとするのではないだろうか。相手が嫌がることはしてはいけませんと保育園の頃から叩きこまれて育った女である、私は。

「バカだねー、弓子は」

迎えにいくんじゃないのよ、とっちめにいくのよ、と楓さんは細い腕を振り上げる。

「旦那を、とっちめるぞー！」

海に突き落とすぞ！　楽しそうに叫ぶ楓さんは、もう完全に酔っ払っている。

4
楓

子どもの頃、家の近くにパン屋さんがあって、母はいつもそこで食パンを買っていた。ごくまれにバターロールを買うこともあったが、なぜか菓子パンはどれほどねだっても、買ってくれなかった。二歳年上の兄と、あのパン屋さんでどれでも好きなパンを買ってあげると言われたらどれを選ぶか、というテーマでよく語り合ったものだった。弟もいたが、その頃はまだ乳ばなれもしていないような年齢だった。

兄は断然チョココロネだと言っていたが、あたしはクリームパンだった。ふかふかとやわらかそうな、夢に出てくるやさしい怪獣の手のようなかたちのクリームパン、一度でいいから食べてみたいなとずっと思っていた。そんなことを思い出しながら、あたしはヒラツカさんの手を見ている。喫茶店のテーブルの上で行儀よく並べられた。指の先が白い封筒に触れている。人さし指で、ためらうように二度表面をなぞったあと、すっとあたしの前に封筒をすべらせた。

ヒラツカさんは、恋人のようなものだった。先週まで。

全体的に丸っこいシルエットの男の人で、角のコンビニで働いていた。課長として勤務していた会社が倒産したので、そこでアルバイトをはじめたのだった。クリームパンみたいな手が存外素早く動いてレジ袋を開き、お弁当や牛乳を丁寧に詰めていく光景はなかなかのもので、あたしは毎度それを文字通り固唾を呑んで眺めていた。口角がきゅっと上がっていて、笑っていないのに、笑っているように見える顔をしている。イルカと同じだ。ヒラツカさんは、いわばイルカおじさんだった。

男の好みに一貫性が無さ過ぎるとよく言われるが、実はちゃんとある。器用そうな手をしていること。愛嬌があること。

こんどどこかにごはん食べに行きません、とヒラツカさんを誘ったのはあたしのほうだった。「えっ……僕とですか？」と目を丸くした顔がすごくかわいかった。ヒラツカさんは結婚して、離婚していた。十年前、自分の四十歳の誕生日に、奥さんのほうから離婚を切り出されたのだという。

親権は奥さんが取ったらしい。その時は落ちこみもしたし、ちょっとやけになったりもしたけれども、まさか会社が倒産してアルバイト暮らしになるとは思ってなかったし結果的に良かったよね、息子いま受験生だし、と目を伏せて語っていたけれども、その時もや

っぱり微笑んでいるように見えた。

ヒラツカさんは、かたつむりを飼っていると言った。青梗菜（チンゲンサイ）とか、レタスとか、そういうのを食べさせていると言っていたが、あたしはヒラツカさんの家に行ったことがないから、そのかたつむりがどんな姿をしているかは知らない。

「かたつむり、ずいぶん大きくなったよ」と先週部屋に来た時にヒラツカさんは言った。明けがたに、服を着ながら。ちょうどあたしの退職日だった。

ヒラツカさんは「そう、良かったね」と答えたあたしのほうを見ずに「さよなら楓さん」と続けた。

唐突だとは思わなかった。心が離れていく途中の男というのは、皆わかりやすく同じ表情をしている。それに、匂いも変わる。香水やシャンプーを変える、というようなことではない。体臭そのものがちょっとだけ、変わってしまうのだ。細胞はわりあい短い期間で生まれ変わるのだという。そういうことなのかもしれない。細胞レベルで、あたしを受け入れなくなっていくのだ。

だからこんなふうに別れが来ることは、ちょっと前から予測していた。

そう、とあの時、また答えた。これから寒くなるから、風邪には気をつけてね、とあくまで軽く言って部屋から送り出した。別れたくないとか、そんなふうに駄々をこねても、

もうどうしようもないのだ。人の心は縄でも鎖でも繋いではおけない。

ヒラツカさんに「さよなら楓さん」と言われて、たしかに悲しかったけれども、別に泣きはしなかった。このあいだ弓子と串揚げを食べていた時に、何度かヒラツカさんの話をしそうになったが堪えた。だって男と別れるなんて、あたしにとっては全然たいしたことじゃないんだから。

二十一歳の頃なら泣いたかもしれない。でももうずいぶん前からあたしは、恋愛に全力を注いでいない。

仕事に支障が出たり、その他のいろんなことがおろそかになったりするほど他人に夢中になるのはしんどい。精神的にも体力的にも。

あたしにとっての仕事は、自己実現のためでも社会貢献のためでもなくて、ただひたすら食い扶持を稼ぐということであるから、これでけっこう必死なのだ。めそめそ泣いてなどいられない。

自分でない人間の体温を感じたり、かわいいねと髪を撫でてもらったりするひとときは、甘いお菓子だ。お菓子でお腹を満たすことはできない。でもだからこそ、あたしはお菓子が食べたい。それにこのお菓子はたぶん、生きている限りいつまでも他人からもらえる類のものではない。だから食べられるうちに、食べておく。

次にお菓子が食べられるのはいつだろう。そんなことを考えながら、目の前に置かれた封筒を見ている。

さよなら楓さん、と部屋を出ていったヒラツカさんが「ちょっと時間をもらえませんか」とやけに他人行儀なメールを送ってきたのが今朝のことで、だからこうして喫茶店で待ち合わせて向かい合っている。いつも部屋に来ていたヒラツカさんが外での待ち合わせを希望するのは、もう僕があなたと寝ることは二度とないのですよ、という意思のあらわれなのだろう。お菓子を食べ損ねた。

「二万円、入ってる」

あと三万円は来月の給料日に返すから、と言われてやっと、ヒラツカさんに五万円を貸したことを思い出した。車検費用が足りないと言っていたので、貸してあげたのだった。五万円を受け取る際、ヒラツカさんは異様に恐縮して、ごめんねごめんねと何度も頭を下げていた。

「よかったのに、そんなにいそいで返してくれなくても」

はやく縁を切りたがってるみたいに見えるよ、などとはかろうじて言わずに済んだ。

「いや、こういうことはちゃんとしないと」

目を伏せてコーヒーカップを持ち上げる。ごくごくと一気に飲み干して、伝票を摑(つか)んで

立ち上がった。

「僕、今から仕事だから」

行くね、じゃあね、と微笑んでいるような顔で言う。微笑んでいるように見えるけど、別に微笑んでいないのだ、ヒラツカさんは。ここを勘違いしてはいけない、と思ったらなんだかちょっと泣きそうになる。

うん、じゃあね。笑って小さく手を振って、あたしも自分が頼んだ、すっかり冷めた紅茶を飲んだ。涙がこみ上げてきたので、慌ててまばたきをして、かたつむりのことを考えた。「大きくなった」と言っていたけど、かたつむりがどんなふうに大きくなるのか、あたしは知らない。身体が大きくなったら殻を替えるのかな、と思って、やどかりじゃないんだから、と思い直した。じゃあ身体の成長に合わせて同時にあのうずまき形の殻も大きくなるんだろうか。それとも殻のほうから先に大きくなるんだろうか。どっちかが追いつかなくなったりしないんだろうか。

封筒に視線を落としたら、あーあ、という声が出た。あーあ、という気持ちのまま、なぜかスマートフォンから求人サイトを開き、日払いのアルバイトを探す。スーパーの試食販売の仕事があったので、応募してみた。

とりあえず忙しく立ち働けば、余計なことを考えずに済むだろう。横地からのメールが

たくさん届いていたが、無視した。

試食販売の仕事は、以前もやったことがあった。何回も食べにくる（でも買わない）人とか、生意気な子どもとか、たいへんなことも多いけれども商品が売れなくてもそれが給料に関係するわけでもないし、一日限りで終わるからたとえ嫌なやつがいてもそれでさよならだし、気楽な仕事ではある。

求人サイトに応募した仕事はすぐに決まって、アパートからちょっと遠い、大型スーパーにやってきた。もうひとり、あたしと同じように試食販売の女の子が来ていて、一緒に事務所で待機することになった。なんと、二十歳だという。

産毛の一本一本さえもぴかぴかに光っているような女の子は、あたしの娘と言ってもおかしくないような年齢なのだ、と思うとなにやらしみじみしてしまう。

あたしはヨーグルト用のフルーツソース、彼女はチョコレートの担当だったが、ほぼ同じようなエプロンと三角巾を渡されて、着用してみると尚更年齢差が浮き彫りになった。横地つけものではおじさんとおばさんに囲まれて若手若手と呼ばれていたが、ほんとうの若さというのはこんなふうに目がつぶれそうなほどまぶしい。

あたしは小さなプラスチックのカップに入ったヨーグルトをスーパーの客に勧め続ける。

通路をはさんだ向こうから、新発売のチョコレートですどうぞー、というはりのあるかわいらしい声が聞こえた。

休憩時間に、バックヤードでペットボトルのお茶を飲んでいると、チョコレートの彼女も入ってきた。おつかれさまです、と声をかけられて、同じように返す。

「立ちっぱなしだから、疲れますよね」

持参してきたらしい水筒の蓋を開けながら、チョコレートの彼女はあたしに笑いかける。

「ほんとにね。疲れるね」

わたし、声が小さいことがコンプレックスで、と言われて、思わず「えっ」と叫んでしまった。

「そんなことないよ、すごく声出てたよ」

「そうですか？」

「うん。ばっちりだった」

良かったー、と胸に手を当てて笑うチョコレートの彼女はかわいくて、心がひたひたとあたたかいもので満たされる。二十歳の女の子に対抗心を燃やせるのは、せいぜい自分が二十代後半の頃まででではないだろうか。こうまで年が離れると、ひたすら「かわいい」と愛でる感覚しかない。

スーパーの担当者が入ってきて「おつかれっす」とあたしたちに声をかける。担当者も若い。まだ二十代後半ぐらいだろうか。胸に「青田（あおた）」という名札がある。胸板が薄くて、高校生みたいだ。

トイレに行きたくなって、立ち上がった。トイレの鏡に映るあたしの頭頂部に白髪が一本ぴこんとはねている。白髪なのに元気良すぎ、と苛立ちながら、それを引き抜こうとしたが、なかなかうまくいかない。

用を足して戻ってくると、青田はあたしが座っていた椅子に座って、彼女と話をしていた。

「だいじょうぶ？　ほんとにさっき、なんかいじめられてなかった？」

だから、そんなわけないじゃないですか、と若干きつめの口調でチョコレートの彼女が答えている。

「だったらいいんだけど、ほら女の人同士ってね、どうしても揉めるから」

うちの職場も結構、パートのおばさんが高校生のバイトいびるとかそういう問題が多くてさ、ぎすぎすドロドロしてんだよね、女の人ってやっぱ、結構陰湿でしょ？　と笑っていた青田は、あたしが戻ってきたのに気づいて、ひどくばつが悪そうな顔をした。それで「さっき、なんかいじめられてなかった？」はあたしのことを言っていたのだと悟った。

あたしは黙って通り過ぎようとしたが、青田のひきつった顔を見て、気が変わった。

「ねえ、だいじょうぶ?」

チョコレートの彼女に話しかける。

「さっき、このひとに嫌がらせされてなかった?」

なに言ってんすか、と青田は笑おうとしたようだが、あたしも彼女も笑わないので、また顔をひきつらせた。

「あ、そうですよね。誰かがトイレに立った隙に悪口をふきこんで面倒なことに巻きこもうとするのは、陰湿でぎすぎすドロドロした嫌がらせよね。まさかそんなこと男の人がするわけないよね。良かったー、安心したー」

あたしはにっこり笑う。

「悪口って……あっ、さっきの話、もしかして聞こえてました?　俺が言ってた『おばさん』はうちのパートさんのことで、島田さんはまだ若いし、全然だいじょうぶですよ」

全然だいじょうぶ?　なにが?

青田のほうに向き直ったあたしは、まだ微笑みを残したままだったと思う。微笑みを保てるよう努力しながら、息を深く吸う。

「だいじょうぶって?　ええ。だいじょうぶよ。普通に四十一年生きてきただけなんだか

ら、そりゃあだいじょうぶよ。あのね、『おばさん』っていうのは単に『中年期以降の女性に対して呼びかける、あるいはその状態をさして言う言葉』よ。辞書を引いたらそう書いてあるのよ。『おばさん』が悪口だと感じるのは、あんた自身に若くない女には価値がない、っていう認識があるからじゃないの？　あんたが抱く女を選ぶ時は別にそれでも結構よ。年齢だろうが何だろうが、どうぞ自分の好きな基準で採用してちょうだい。でもあたしはただ、ここに働きにきてんのよ。あんたのしょうもない性の対象の選定の場に勝手にあたしを引っぱってきて俺には無理だとかなんとか考えてるんだとしたらきもちわるいし迷惑だからやめてくれる？　『全然だいじょうぶですよ』ってなに？　フォローのつもり？　あんたがそれ言うことであたしが『そうなんだ、あたしってまだ女としてだいじょうぶなんだ、よかったー』ってほっとするとでも思ってんの？　あんたにだいじょうぶかどうか査定してもらう必要ないの。だいじょうぶかどうか、それはあたし自身が決めるの」

言おうと思えばあと百ぐらい罵倒の言葉は吐けるが、飽きたのでゆっくりとバックヤードを退出する。

女同士は必ず敵対するものだ、とかたくなに思いこんでいる人が、一定数いる。仲良くしているけど心の中ではぼろくそにけなしているに違いない、というのもよく聞く。おば

さんは若い女の子に嫉妬をするものだ、と思っている人もやっぱり一定数いる。あれっていったいなんなんだろう。すごく消耗する。

女同士の喧嘩(けんか)に異様に興奮する性癖があって、揉めごとを欲しているんだろうか。だとしたら、まともに相手をするだけエネルギーの浪費だ。

そう思いつつもやっぱり、あーあ、と溜息(ためいき)が出た。なんだか、疲れてしまった。

5　弓

ここならば矢嶋さんの条件にぴったりだと思うんですよとハローワークの窓口の人に紹介されてやってきた会社の応接セットに、私はもうかれこれ三十分以上座っている。面接は十時と約束したはずだったが、採用担当者だという人がなぜか外出していて、戻ってこない。

経理事務で、正社員もしくはパート、という求人で、私は正社員を希望しているのだが、面接の約束を忘れられていたという時点で、なんとなく「この会社だいじょうぶかな」という気がした。応接セットの脇の書架に埃（ほこり）がつもっているのも気にかかるし、ついたての向こうで電話応対をしている男の人の声がやけにぼそぼそ小さく覇気がないことも実に気にかかる。

いやーすいませんお待たせして、すいませんすいません、と騒がしく採用担当者が入ってくる。三十代にも見えるし五十代にも見える、ふしぎな男の人だった。年齢不詳さんは

コートを持っている女はひとりしかいないから、誰だかすぐにわかった。楓さんだ。

数メートルの距離まで近づいた時、楓さんの顔から笑みが消えた。

「どうしたの？」

面接の帰りだけど駄目っぽいから別な求人を探しにきた、と答える。楓さんは失業給付の手続きをしに来ていたのだという。

楓さんがいきなり私の腕を摑んだ。

「仕事探しは今日はやすみ。どっか行こ」

え、なんでよ、と戸惑う私を、楓さんは軽く睨む。

「あんた、今ひどい顔してるもん」

「え、どんな顔」

この世に恨みを残して死んでいった霊みたいな顔、と言われて「ひどい」と思わず呟く。

女はねえ、と言いながら、楓さんは私の腕を摑んだまま歩き出した。

「ちょっと油断するとすぐブスになるんだから。ずっと暗い表情してたら、その表情が顔面に定着しちゃうの。皺と一緒なの」

「そうなの？」

そうなのよ、あっでも男も一緒よ、油断するとすぐブスになるのはね！　楓さんはよう

やく手を離してくれた。どこかに行こう、と楓さんは提案する。なんか、気分が晴れるようなところに行こう、どこがいい、臨時収入があったからおごってあげる、などとも言う。

「どこにも行かなくていいから、ただ歩こう」

私の答えに、楓さんは不思議そうな顔をする。

「無目的に歩いていると、気分が落ちつくの、私は」

楓さんが不思議そうに、昔からそうなの？　と問う。

「うん、そう。昔から」

母が生きていた頃から。

ふうん、と楓さんは頷き、隣を歩きはじめる。メゾン・ド・川までのふた駅ぶんほどの距離を、歩こうということになった。

生きていた頃、母は時々、理由なく泣き喚いて家の中をめちゃくちゃにした。そういう時は、私はいつも外に出なければならなかった。歩け、という声が頭の中でした。歩け、歩け、歩け、余計なことを考えずに済むように。歩き疲れて帰る頃には、母は泣き疲れて眠っているはずだから。

酔うと、台所のテーブルに突っ伏して寝る癖があった。同じアパートに住んでいた、よっちゃんという女の子はいつも「ママがお酒を飲むの嫌い」とこぼしていた。くさいから、

というシンプルな理由だった。

　酔っている時の私の母は平素より陽気になるので、だからむしろちょっと好きだった。父は物心ついた時からいなかった。死んだと聞かされていたが、嘘だ。位牌も写真もないのに、そんなのおかしいと子どもも心にもわかる。

「スナックじゅん子」という日本全国に無数に存在しそうな名の店に勤めながら、母は私を育てた。アパートには母と同じように子どもを抱えた女が幾人か住んでいて、子どもを預けたり預けられたり、金を借りたり貸したり踏み倒されたりしていた。男を盗ったの盗られたので摑み合いの喧嘩をするなどということも、たまにはあった。

　酔っていない時の母は、まれに剃刀を振り回すこともあった。自分の身体を傷つけようとする時もあったし、私に向けてくる時もあった。せまい部屋で一緒に暮らしているうちに、どこまでが自分の身体でどこからが娘の身体なのか、わからなくなってしまったのかもしれない。お母さんやめて、と制止すると、母は剃刀を放り出して私の頰を張り飛ばした。痩せ型なのに、びっくりするほど力が強かった。

　母が私をぶったり蹴ったりする際、特別な理由はなかった。無言のうちにはじまって、無言のまま終わる。お前が悪い子だからとか、そんなことは口にしない。食事をつくってくれないとか、身のまわりの世話をしてくれないとか、そう言うことも一切なかった。

母のせいではないと、私はいつも誰かに言い続けた。鼻血を拭いてくれた近所のおじさんにも、進路について心配してくれた学校の先生にも、母のせいじゃない、と庇(かば)った。

自分のなかに時折湧き起こる暴力的な衝動を、母自身が持て余しているように見えた。その衝動は、月経が近づくと頻繁におこるようだった。

大人になってから、あれはいわゆるPMS（月経前症候群）というやつだったのではないかと思い当たったのだが、その頃にはもう母はこの世の人ではなかった。

PMSという言葉を知らなかった頃は母が暴れる理由を「虫のしわざ」だと考えていた。小さな虫が母の身体の中で暴れまわっていて、母自身には制御不能なほどの力を引き起こしているのだと。虫の居所がわるい、とか、よく言うではないか。虫を、だから私は憎んだ。母の身体から出ていけ、と思い続けた。母を憎まずに済む方法は、それしかなかった。

私が二十五歳の時、母はマンションの十階から飛び降りて死んだ。遺書はなかった。よく晴れた秋の日で、そこは、母の恋人の部屋だった。奥さんと死別したという六十代の人で、もと高校教師だったと聞いている。「スナックじゅん子」のお客さんだったらしい。

恋人が牛乳だかなんだかを買いに行って、留守番をしていたわずかな時間に、彼女は死んだ。事件性はなく、転落事故として片づけられた。

私は事故ではなく、母が自分の意志で飛び降りたのは確かだろう、と思っている。空が気持ち良く青くて、恋人が自分のために牛乳を買ってくるのを待つというその平和な時間に、突然母の中で虫が動き出したのだろう。

彼女の抱えているものに気づいてあげられなかった、申し訳ない、となぜか私に向かって謝る母の恋人に、私は言った。たぶん虫のしわざです。意味はわからなかったようだが。

街はもうクリスマスの準備をはじめているらしい。あちらこちらでツリーや、リースを見かける。空は澄んだ色をしていた。白っぽい冬の陽の光の下で楓さんの髪がところどころ金色に光っている。

光る髪をゆすりながら、楓さんが「やっぱ旅行したいな」と言い出した。

「なんかこう、気分転換が必要だよ、あたしたちには。きっと」

「旅行ねえ」

観光地に行ってはしゃぐ気分でもないが、なんだか遠くには行きたい。ここではない場所に身を置きたい気はした。

角を曲がると、メゾン・ド・川だ。アパートの玄関が見えた。ふいに楓さんが立ち止まる。どうしたの、と訊ねようとしたら、手で制された。

「見て」

アパートの外階段の付近に、男がいる。整髪料でなでつけた髪がぎらぎらと光っている。なにあれ、と言おうとしたら、楓さんが小声で「横地、横地」と教えてくれた。

あれが横地か、と眺めていると、楓さんが私の背後に隠れる。

「なんでここに来てるんだろう」

「そんなもん、あたしが知りたいよ」

今あいつなにしてんの、と楓さんが問う。なんか下向いてニヤニヤしたり、左右に身体を揺らしたりしてる、と答えると、きもちわるい何それ、と眉間に皺を寄せた。

「警察を呼ぼう」

角のところまで戻って、不審な人物がいるので来てほしい旨の電話をかける。

電話を切ると、楓さんは自分の携帯電話を見せてきた。

「メール来てたんだけど無視してたから、うちまで来たのかな」

楓さんに見せてもらった横地からのメールは「今なにしてる?」一行のみ、という内容からはじまって「島田さんがいなくなって、事務所が暗く感じられるよ」「もう社長と社員の関係じゃなくなったし、今後は気軽な関係になれたらいいなと思ってる」などと続いている。楓さんからはいっさい返信をしていないらしい。そこであきらめれば良いものを、横地はだめ押しのように「おーい　届いてる???」などと確認までしている。読んでい

て「う、うわー」という声が漏れた。

その後のメールは「無視かよ」「思い上がるな」「くどかれるうちが花だぞ、お前程度の女」という脅迫じみたものに変わっている。

「この人怖いね。何が目的なんだろう」

「だからそんなの、あたしが知りたいってば」

警察はまだ来ない。楓さんが青い顔をしているので、とりあえず光恵さんの家に避難させることを思いついた。

「すぐそこだから」

光恵さんは家にいた。えーとあの事情は後で話すので、と要領を得ぬ説明をして、楓さんを残し、私はアパートに戻る。ちょうどパトカーが到着したところで、警官ふたりが横地に近づいていく。いやそんな、とか、えっ逆になんなんですか、とか横地が弁解している脇を、知らぬふりで通り過ぎて階段をのぼる。パトカーに乗せられていくのかなと思いながら見ていたが、横地は警官に諭されてどこかへ行ってしまった。警官ふたりはしばらくその場に立ってなにかを話していたが、やがてパトカーで去った。

楓さんの青い顔を思い出して、横地め、と今更ながら腹が立ち、横地のメールの文中にあった「くどかれるうちが花」「お前程度の女」という言葉を思い出して、自分の怒りに

自分で油を注いだかっこうになって腹立ち紛れに外廊下を蹴り、いたずらに靴のつまさきをいためた。

なぜどうでもいい男の性の対象にされるかどうかで、女としての価値がきまるのか。まちがっている。そんなのおかしい。

追いかけていって言ってやりたい。お前がどういう目で見ていようが、楓さんは存在する価値のあるひとりの人間なんだよバーカ！　と言ってやりたい。

いや、でも、それを実行するかわりに楓さんを迎えに行って「旅に出ようよ」と言おう、と思い直した。この際「宏基をとっちめるツアー（仮）」でもなんでもかまわない。お金も残された人生の時間もあんまりない私たち。でも今もっとも私たちに必要なのは、たぶん休息と気分転換だから。

6 楓

息子と映画観てきました。子ども向けの映画なのにわたしが泣いちゃった（笑）

息子が遠足のおいもほりで掘ってきたおいも☆ スイートポテトにしてみました。ちょっと生地がゆるすぎたかも（汗）おいしかったからいいや（笑）

弓子の人さし指が画面をスクロールして止まり、またつつっと動くのを、あたしは新幹線の肘掛けに頰杖をついた姿勢で見ている。スクロールスクロールまたスクロールで、里美という同級生のSNSを確認し続ける弓子にたまらず「ねえ」と声をかけた。

「もうやめなよ。それ見るの」

弓子はまるであたしが隣にいることにはじめて気づいたような顔で「あ」と呟く。

「やめな」

強い口調で言って、画面を閉じさせた。

「そんなの見て、どうするの」

で、また「私はあさましい……」とか言ってぐずぐず反省するんでしょ、なにが楽しいのよ、とも言ってやる。

「……そうだね」

そうなんだよね、と弓子はようやくスマートフォンを鞄(かばん)にしまう。

「わかった。……ねえ、おなかすかない？」

時計を見ると十一時半を過ぎたところだった。

「私、お弁当つくってきた」

弓子が言う。やけに鞄がでかいなと思ったら、お弁当を持ってきていたのだった。

「マメだね」

そういうわけじゃないけど、と言いながら弓子は床に置いていた鞄を持ち上げる。弓子の夫は駅弁の類が苦手で、だから外出のたびにお弁当を用意していたのだそうだ。

「なんで苦手なの」

「味が濃い、って言ってた」

「めんどくさい人と結婚してたんだね」

一応今もしてるんだよ、と弓子はもそもそと言う。

「あんなきもちわるい絵描くうえに、食事までめんどくさいんだ」

「胴長ウサギね。いいんだよ、あれはあれで」

「そんなことよりお弁当、お弁当」

本格的におなかが空いてきたので、肘掛けをぺしぺし叩いて催促する。弓子が「サンドイッチにしたんだ」と言うので、あたしはちょうどよく通りかかったワゴンを呼び止め、コーヒーをふたつ買う。

ツナサンドとたまごサンドが交互に並べられていた。ツナのほうはパンがライ麦パンで、ツナには赤いパプリカときざんだ胡桃（くるみ）が混ぜこんであった。たまごのほうには粒マスタードがたっぷり塗ってあって、鼻につんとくる。

「おいしい」

ほんとにおいしかった。弓子のつくるごはんは全部おいしい。料理を覚えたのは、小学生の時らしい。お母さんが「ちょっと不安定な人」だったから、と弓子は言う。躾（しつけ）とか家事の基本とかそういうのは望めなくて、だから弓子は図書館で借りた料理の本とか、家事の心得みたいな本を読んで、いろいろなことを覚えていったらしかった。

「だからかな。家事に関することで他人からこれ常識でしょって言われて、えっそうなん

だ、って驚くことが多い」

弓子は言うが、あたしの目にうつる弓子はあたしよりずっと常識人だ。

「そうかなあ」

「そうだよ」

まああたしも、そんなに親からきっちり『常識』とやらを教えこまれたわけじゃないけどさ、と言って、コーヒーを飲む。

「楓さんのお母さんて、どんな人？」

うーん、と言い淀む。なんと言えばいいのか。難しい。特筆すべきところのない母なのだ。

「……編み物が好き、かな。こたつのカバーとか編むの。でっかくて色合いが派手で、ださいやつ」

「ださいやつなの？」

「ださいよ。あとアクリルたわし。たまに、つくりためたやつをどかっと送ってくるよ」

今度おすそわけする、と言うと、ありがとう、と弓子は頷く。

「あとジョニー・カステラの大ファン」

「誰、ジョニー・カステラって」

「総合格闘技の選手」

「ものすごく弱そうな名前に聞こえるんだけど、本名？」

「知らないけど、まあまあ強いらしい。母曰く」

カステラの試合をテレビで観戦中に、母が興奮して鼻血を出したと弟が言っていた。

「楓さん、弟いるの？」

「兄もいる」

兄も弟も、とっくに結婚している。子どもは兄のところがふたり、弟のところが三人。お正月は帰ったり帰らなかったりするけれども、お年玉だけは送っている。微々たる額だけど。

姉ちゃん、結婚しないの。弟がたまに電話をしてくる。たぶんしないよ、と答えると、あんまり母ちゃんたちに心配かけんなよな、と毎回同じことを言う。

心配していると、母はあたしには直接言わない。あんた自身が幸せならね、何にも言わないよお母さんはね、とこたつで編み棒を動かしながら話していた横顔をふいに思い出す。幸せだよと、あたしも母のほうを見ずに、こたつの上のみかんに視線を固定したまま答えた。実家のこたつの上にはみかんが置いてある。テレビ台の横の棚には誰かからお土産にもらった博多(はかた)人形と北海道の木彫りの熊が置いてある。「実家」というコントの世

界にいるようだと時々思う。コントの世界で、あたしは「いい年してフラフラしている娘」を演じている。

サンドイッチを食べ終わった弓子は、地図を広げている。手描きの地図だ。光恵さん、弓子がそう呼んでいるのであたしも光恵さんと呼ぶことになってしまったのだが、彼女が描いた家への地図らしい。新幹線の駅を降りたらバスでフェリー乗り場まで行って、そこから船に乗って下りてしばらく歩くようだ。

あたしはスマートフォンを取り出して、横地の電話番号を着信拒否にした。警察を呼んで以来、数日は連絡がなかったけど、昨日深夜に一度だけ着信があった。ここまでされると、なにか気をもたせるようなことをしてしまったんじゃないか、と思えてくる。いける、と勘違いさせたなにか。もしかしてあたしにも、責任がある?

新幹線を降りたら、ホームには強い風が吹いていた。つめたい空気が袖口やコートの裾から入ってきて、思わず身震いをする。

駅前から出るバスが到着した頃には、ずいぶん空模様があやしくなっていた。灰色のペンキをでたらめに塗りたくったみたいだ。ぐねぐねした山道を、バスがのぼっていく。弓子は額を窓ガラスにつけている。眠っているようだった。胸に抱えている開きっぱなしの本が今にも落ちそうになっているので、そっと抜き取った拍子になにかがバスのシートの、

弓子とあたしのあいだに落ちた。四つ折りにした離婚届らしきものだった。こっそり挟み直して、弓子の鞄に本を押しこむ。

フェリー乗り場に到着して、弓子を揺り起こした。うん、うん、と言って、目を擦る。

「すごい。山だ」

反対側を見て、こっちは海だ、と呟いている。バスを降りた。潮の匂いとか、しないね。弓子がふしぎそうに言う。

「冬だからでしょ」

夏の海はもわりと磯臭さが漂うが、冬は違う。ただ空気が、ざらざらしている。そんなふうに感じられる。冬の海のそばに行くと、いつも。

へえ、と頷く弓子はまだ眠そうな顔をしている。フェリー乗り場を、コの字に取り囲むようにして、山があった。左手の山のふもとには民家が数軒並んでいて、その先に神社があり、鳥居と長い石段が見える。鳥居の赤さがやけに鮮やかで、最近塗り直したのかもしれないな、と思う。右手の山のふもとには民宿が一軒ある。フェリーの出航時間まであと四十分以上あるらしく、待合室の床に荷物を置いて、ぶらぶら歩きはじめた。

民宿みなと。看板の文字を、弓子が読み上げた。メゾン・ド・川、ぐらいそのまんまな名前だね、と笑った。

錆(さ)びた看板の下には緑色のポリカーボネートのひさしがあって、ガラス窓に手書きの「アイスクリーム」とか「酒・たばこ」とかいうはり紙がしてある。ちょっとした食料品の販売もしているようだった。こういうところで暮らすのは、どんな感じなんだろうなあ、と思う。コンビニとかなくて不便そう、とも思う。コンビニという単語があたしにまたヒラツカさんを思い出させた。

むこうの海沿いに家屋がいくつも立ち並んでいる。同じように潮風にさらされて、同じように色褪(いろあ)せて古びてみじめたらしい姿をした家。光恵さんの家もこんな感じだろうか。アイスクリームというはり紙の文字を、弓子がまた読み上げる。その脇の釣り船案内、という看板も読み上げる。観光案内所、という立て看板の文字も。

「海に来たの、ひさしぶり」

弓子がしみじみと言う。

「どれぐらい?」

二十五年ぶり? ぐらいかな、と言われて、えっと驚いた。

「そのあいだずっと海水浴とか行かなかったの?」

海水浴、という言葉であたしはまたもやヒラツカさんのことを連想してしまう。海の話を、ヒラツカさんはよくした。海が好きなんだと言っていた。泳げないんだけどね。息子

がまだ小さかった時に、海水浴に連れていって、だけど怖くってねえ、ずっと浅瀬でぱちゃぱちゃやってたよ、と笑っていた。

海で泳いだこと、そういえばない、と弓子は言う。

「二十五年前は何しに行ったのよ、海に」

「一回だけ、その頃つきあっていた男の子と行った。自転車をふたり乗りして。それが最後かな。冬だったから泳いだりしなかったけど。はじめて手つないだの。砂浜が歩きにくい、ということを言い訳にして」

初々(ういうい)しーい、かーわいーい、と茶化しながら、歩き続ける。

「海だけじゃなくてね、自転車で、いろんなところに行ったの。空港とか」

弓子は二十五年前のことをべらべらと喋り出した。普段はふたりで話していても聞き役にまわることが多いので、めずらしいと思った。旅で開放的になっているのかもしれない。

十四歳だった、と弓子は言う。夕暮れだった。こわいぐらい、空が赤かった。自転車をふたり乗りして走っていた。最初は遊園地に行くつもりだったけど、入場料を払うだけのお金さえ財布に入っていなかった。

あんな人の多いところに行ってもしょうがない、とその男の子が負け惜しみみたいに言

い出して、だから遠くの街の空港を目指した。お金はないけれども時間と体力はある。どこまでも十四歳だった。

「金網につかまって、国際線の滑走路を見てたの。そしたら、国名しりとりをしようってその男の子が提案してきて」

「へえ」

すぐに行き詰まったので地名ならなんでも可、とルールを変更したという。

「イスタンブール」

「ルーマニア」

「アムステルダム」

「ム……ム？」

またすぐに行き詰まってしまい、なんとなくうやむやのまましりとりは終わり、あとは黙って飛行機を目で追っていた。

「行きたい国って、どこかある？」

そりゃあ、たくさん。そう答えて、その男の子はつまさきで足元の土を蹴った。擦り切れたようなスニーカーからのぞく踝（くるぶし）の無防備さになぜか泣きそうになったという弓子の話を聞きながら、よくそんなことまで覚えてるな、と感心した。

弓子は？　と問われてベトナム、と反射的に答えたという。前日の夜にテレビで見た銀細工の小箱が美しかったというただそれだけの理由で。

「行けるといいな」

その男の子はそう言ったけれども、もう既に頭の中では別のことを考えているように見えた。

「行けるといいな」

いつでも行ける、と思っていた。いつでも、どこへでも、行ける。同時に、どこへも行けない、という気もしていた。なにものにでもなれるとうぬぼれながら、なにものにもなれないと怯えていた。

「十四歳だったから」

遠い遠い昔のことだけど、と弓子は思い出話を締めくくった。

「そうだね」

私はその時、泣きたいぐらいその男の子が好きだと思った、と弓子は言う。

「それなのに、忘れた。会わなくなって一年もせずに、遠くなった。泣きたいぐらいに好きだった相手を好きでなくなるのは、さびしい。知らないうちに知らない街で迷子になってしまったみたいな、心細い感じがした」

うん、とあたしはただ、頷く。でも今弓子はきっと、その十四歳の頃に好きだった男の子ではない誰かのことを考えながら話しているんじゃないかな、と思っていた。たとえば、失踪中の夫とか。

7　弓

赤色の宇宙船のようなかたちをした風船が、ふわりと風に飛ばされていく。フェリーがゆっくりと動き出した。風船の持ち主であったらしい子どもは泣きもせずに口を半開きにして空を見上げている。むしろうっとりとした顔に見えた。灰色の空と、同じく灰色がかった海と、そこに漂う宇宙船はたしかに美しい。

むしろ隣の母親のほうが、泣き出しそうだ。どこで買ったのかは知らないが、こういう風船はたいてい値が張る。無理もない。

どうして。どうして手を離したの。母親は甲高い声で、子を責めている。私は思わず顔を背けた。大切なものだったら手を離してはいけないことぐらい誰でも知っている。でも離してしまう時は、たしかにあるのだ。どうして、どうしてと責められて、子どもは泣きはじめた。ぎゃあ、という声が甲板に響き渡って、近くにいた中年の男が顔をしかめた。

「いいかげんにしなさい！」

母親が尖った声を出す。宥めようとしてか、マーブルチョコレートの筒を鞄から取り出して、子どもに渡した。

しゃくりあげながら、子どもはその筒を開ける。勢いよくすぽんと蓋を引き抜いたせいで、筒から、色鮮やかなチョコレートがいくつも甲板に散らばった。首をぎゅっとすくめるようにして、子どもは母親の顔を見上げる。母親は大きく、溜息をついた。私は腰を屈めて、自分の足もとに落ちたチョコレートを拾う。

「すみません」

母親が近づいてきて、頭を下げる。いいえ、と答えて、彼女が広げているティッシュの中にそれをぱらぱらと落とした。鼻をぐすぐすと言わせながら、子どもは私たちのやり取りを見ている。ほら行くよ、とまた苛立った声で母親は言い、腕を引っ張るようにして船の中に連れていった。子どもがちら、とこちらを振り返る。小さく手を振ったが、手を振り返されはしなかった。

「たいへんそうだね」

楓さんが呟く。子どもの世話？　と問うと、そう、と頷いた。

「まあ、たいへん、だろうね」

無意識のうちに自分のお腹に添えていた手を、コートのポケットに入れる。手が震えて

いることを楓さんに悟られていませんように、と願う。

甲板の寒さに耐えられなくなって、私たちも中に入った。長椅子が三十ばかり、並んでいる。大きなテレビが設置されていて、その近くにぱらぱらと、数人座っていた。夏はもっと人が乗っているのだろうか、というようなことを思う。そうだといいのだが、と余計な気をまわすほどに、乗客は少なかった。さきほどの親子はどちらも落ちついたらしく、静かに絵本を広げて見入っていた。身体の向きを変えて座り、彼らが視界に入らないようにする。

フェリーを下りると、観光客向けの土産物屋が並んでいた。まだすこしだけ足元がゆらゆらしているように感じられる。風が強くて、フェリーはずっと揺れっぱなしだった。

海産物を売る市場があって、入ってみたら中央に大きな生簀(いけす)があった。鰤(ぶり)がゆうゆうと泳いでいる。さかな、さかな、とはしゃぐ少年がいた。同じぐらいはしゃいでいる中年もいる。楓さんだ。

「弓子、見て」

おいしそうじゃない？　楓さんは鰤を指さす。泳いでいる魚を「おいしそう」と感じられるセンスは、万人に備わっているものではない。そうだねとあたりさわりのない相槌(あいづち)を打つことを私の中の何かがはげしく拒んでいる。

「見て見て、弓子」

楓さんがまた別のなにかを指さす。壁際に置かれている、顔はめパネルというのだろうか、絵が描いてあって顔の部分だけくり抜かれている看板に注目せよと楓さんは言っているのだ。

看板には漁師のようなかっこうの男性と、海女(あま)さんのようなかっこうをした女性が描かれている。男性のほうの看板に近づいていって、楓さんがそこから顔を出す。

「どう？」

もうちょっと前髪上げたほうがしっくりくるかも、と言いながら携帯電話を取り出す。撮るよ、と声をかけたら楓さんはにんまりと笑った。

「弓子もやりなよ」

嫌だよと言えず、私は海女さんの絵の看板を選ぶ。笑って、もっと、笑って、とむやみにしつこい楓さんのせいで私の笑顔はひきつった。

「いやー、旅だね」

ほとんどスキップするかのような足取りで歩く楓さんはそれでも、楽しそうには見えない。がんばって「はしゃぐ」をやっているように見える。どこか上の空なのは、例の横地のせいなのか。それとも。

楓さんは鰤を食べたがったけれども、一匹買うのはたいへんだという話になって、結局鯵(あじ)の干物を買った。裏にまわるとスーパーがあるというので、そこで卵や味噌やお米を買い求める。

矢嶋家の墓守である「シズさん」という女性は、隣り合った家を二軒所有しているらしい。一族の人々がばたばたと死んだり島を出たりした後、自動的に彼女のものになったという経緯だ。大きいほうの家に自分の息子とふたりで住み、小さいほうの家は帰省した親戚が泊まったり、夏のあいだ他所から来た釣り人に貸したりするために使っているのだという。

光恵さんに「島に行ってみます」と伝えたところ、その家に泊まれるようにシズさんに頼んでおこうか、という話だったので、ありがたくその申し出を受けた。島にはもちろん民宿などもあるのだが、今回の旅はなるべく、金銭的負担が軽くなるほうがよかった。

小さい家ながらトイレもお風呂もあり、電気もガスもちゃんと通っていてひととおりの家財・家電がそろっているというのがありがたい。

地図を見つつ歩く。島に一軒だけある居酒屋（小汚い）の角を曲がって三軒先の家に「ここ」と矢印が書きこまれている。（小汚い）とわざわざ地図に書くなんてどれほどきたない店なのだろうと思っていたのだが、そこまで小汚くはなかった。窓に煮しめたような

色合いの大漁旗がカーテンがわりにつるしてあって、入り口の戸のガラスのひびがテープでとめてある、という程度の汚さだ。そうだ、宏基らしき男を光恵さんの友人が見かけたのはこの店だったのだよな、と思いながらなかを覗きこもうとしたが、今は閉まっていた。

「手づくり！　蟹クリームコロッケ」というはり紙に楓さんが目を留めて、確かに小汚いけど、でもこういうお店が意外とおいしかったりするんだよ、と言う。

「そうかもね」

意外とね、そう、意外となんだよね、と楓さんはしつこい。じゃあ今日の夕飯ここで食べようか、と言うとにこにこして頷いた。


「シズさん」は、昼間は漁協の事務の仕事をしているそうだ。鍵は郵便受けに入れておくのでそれを使って家に入ればいいということだった。

潮風で茶色く錆びたらしい郵便受けを開けて鍵を取り出す。部屋の中はすこし埃っぽい。持参したエプロンとマスクを身につけると、楓さんが「はりきってますなあ」などと茶化した。和室が四つと台所とお風呂とトイレという、こぢんまりしたつくりの家だった。

和室が四つと言っても荷物が多く、布団を敷いて寝られるような部屋は一部屋だけだった。窓を開け放って、掃除機をかける。テレビ棚の上に置き忘れられていた煙草の箱とラ

まってそのままになっていた煙草に指が触れた。煙草の箱はひしゃげている。一本抜いて、らく、そこに座っていた。エプロンのポケットに手を入れたら、さっきひとまずそこにし

目にうつる世界が山と海と空だけで構成されている、ということが物珍しく、私はしばたことになる。よかった。

っていい、と聞かされていたが、あれも含まれるのだろうか。だとしたら移動手段ができ家の裏の物置に、自転車が一台置いてあった。家の中にあるものはなんでも自由につか

テレビを見ている。

たい風が気持ち良いぐらいだった。楓さんは「移動で疲れちゃった」と言って、家の中でそこに腰を下ろした。気温は低いが、掃除で動き回ったせいか身体が温もっていて、つめある。静かな海だ。晴れていたらもっと美しいのだろう。堤防のところまで歩いていって、掃除が一段落したところで外に出た。山を背にして、家は建っている。目の前には海が

ていった。

部屋の隅や棚の上には埃が積もっている。持参してきた吸着モップで、どんどん掃除をしんもまめに掃除をする人ではなかったようで、散らかっているというほどではなかったが、つい最近まで、誰かがここに泊まっていたような気配があった。しかしその人もシズさ

イターがあった。

火をつけてみた。若い頃に吸ってみたことはあったが、それきりだった。そのまま習慣として身につくほど、煙草はおいしいものではなかったから。

いつもと違うことを、やってみたくなったのだった。いつもと違う場所に来たから。でもそれが「喫煙」という、そのしょうもなさが「いつもと同じ」私だった。

背後の道路を、軽トラックが走ってくる。私の前を通り過ぎる際、スピードをゆるめた。見かけぬ顔だな、誰だあいつは、と思われているのかもしれない。年配の夫婦らしき男女だった。女のほうがハンドルを握っている。農機具のようなものが荷台に載せられていた。

あんな暮らしもあるのだ。

もし宏基と私があの街ではなく、ここで暮らしていたとしたら、と想像してみる。そうしたら、今とは違う夫婦になれていただろうか。

朝はやい時間に起きて、ふたりで一台の軽トラックに乗って畑なり山なりに行って、同じ作業をして、また一台の軽トラックで同じ家に帰る。

ここで暮らしている私はハローワークに通ったりしないし、宏基は娘に呼び出されたりしないのだ。雨の日は、私は手芸をし、宏基は本を読んで、たまに七輪を出して海を見ながら秋刀魚(さんま)や茄子を焼いたりして、というところまで考えてから、無理だ、と思った。

そういう問題じゃないのだ、たぶん。私たち夫婦はどこでどう暮らしていても、たぶん

何らかの問題が生じて、関係は軋み、宏基は私から逃げた。

いや、最初に逃げたのは私のほうだ。それを忘れてはならない。

ポケットの中で、携帯電話が振動しているが、なんとなく確認するのが面倒で、私はまだ海を見ている。

8　弓

居間のテーブルで化粧を直していた楓さんが小さく悲鳴を上げた。うっかり片肩でもそり落としたのかと思って見ると、楓さんが手鏡から視線を外して、私を見る。

「白髪がある」

「……ああ」

私もあるよ、と前髪を持ち上げて髪の生え際を見せると、髪じゃない！　と楓さんが叫んだ。

「ここよ！　ここ！」

楓さんは人差し指でぐいぐいと自分の鼻を押し上げ、鼻の穴を私に見せつけた。鼻毛の中に白髪を発見したらしい。

「見せないでよ、そんなもん」

私は急いで視線を外す。一体なにが悲しくて、他人の鼻の穴に宿る白髪なんか見なくて

はならないのだろう。

年をとるとみんなそういう見えない場所に白髪が生えてくるもんだって以前に宏基が言ってたよ、と言うと楓さんは血相を変えて立ち上がる。

「ちょっと確かめてくる！」

楓さんはトイレに消えた。陰毛に白髪が交じってないか確認するつもりなんだね……と思いながら、私は楓さんが化粧直しの際に散らかしたティッシュや綿棒をゴミ箱に捨てる。鼻毛の時みたいに見せられたら困るので、楓さんの陰毛から白髪が発見されないことを切に願った。やがて楓さんは「セーフ、セーフ」と野球みたいなことを言いながら戻ってきた。どうやら白髪はなかったようだ。

「良かったね。そろそろ行こうか」

見たくないものを見ずに済んだ。胸をなでおろし、私は立ち上がる。

約束通り、光恵さんが「小汚い」と表現した店に行くことになっていた。歩いて向かう。のれんをくぐって入っていくと、手前のテーブル席に座っていた男性客のふたり連れが私たちをじろじろと見た。

店員に案内されてカウンターに腰を下ろすまで、ずっと見ていた。見かけない顔だからだろう。そういう雰囲気の店だ。常に一定数の常連客で占められているような。

「ビールとだしまきと、あとこのいかのお刺身と、鯛の煮つけと、他におすすめはありますか」

楓さんが私の意向を無視してどんどん注文をしていく。頬ににきび痕のある若い店員が、今日は牡蠣がありますよ、と答えたので、それもお願いします、と言う。

店員が去ると同時に、私の左隣に椅子をひとつ空けて座っていた男が「すかさず」という感じで、観光ですか、と声をかけてきた。

「そんなとこです」

おしぼりで手を拭きながら、目を合わせずに答える。

男は三十代前半か、もっと若いか、それぐらいに見えた。ひとりで、ちいさなグラスに入った透明のお酒を飲んでいる。きれいな顔をしていると言えなくもないが、しかしそれはどこか周囲を不安にさせる、翳のあるきれいさだった。顎のあたりに小さな傷あとがある。

「けっこう遠くから来ました？」

言葉の感じが違うから、と言いながら、いきなり私のすぐ隣の椅子に座る。わずかに身を引いたら、楓さんに肩がぶつかった。

「そうよ」

楓さんは動じない。にっこりと笑って、私の背中越しに答える。

あーやっぱりそうですか、都会から来たんでしょ、どうりできれいだと思いました、ここに入ってきた時から目立ってましたよ、垢抜け(あかぬ)とるっていうんですかねー、あーそうですか、ねー、などと男は言う。

面倒くさいな、という気持ちがそのまま表情に出ていたらしく、男は私から視線を逸らし、おねえさん僕そっちに座ってもいいですか、とやはり私の背中越しに楓さんに声をかけた。

楓さんは「いいよ」と鷹揚(おうよう)に微笑みながら、椅子の上に置いていたコートをどける。店員がビールのジョッキを運んできた。男は自分の皿とグラスを持って、いそいそと移動している。

「かんぱーい」

楓さんがジョッキを持ち上げる。私もちょっとだけ、ジョッキを浮かせた。男は自分のグラスとぶつけることを要求している。なんだかなあ、と思いながら、男と楓さんがこのあたりに来たのははじめてだとか、夏は海水浴のシーズンで観光客も来るが、冬に来る人は珍しいがどうしてなのかとか、そんな話をするのを横目で見ていた。

男の顔を盗み見る。楓さんは前を向いたまま話しているが、男は楓さんのほうを向いて

いるので、私も男の顔を正面から見ることになる。運ばれてきただしまきを食べたが、味がよくわからない。

「あの」

カウンターのむこうにいた店員を呼び止めて、ポケットから宏基の写真を取り出した。数年前に友人の結婚披露宴で私が撮った写真だった。赤ら顔でダブルピースというまぬけなものだが、手持ちの写真の中でいちばん顔がはっきりうつっていたから、アルバムから引き抜いてきた。

「この人、最近ここに来ませんでしたか？」

店員は写真を眺めて、さあ、と首を傾げる。知りませんねと言って、急に忙しそうにカウンターを拭きはじめた。もし見かけたら、と私は言おうとしたが、むこうのテーブルの客に呼ばれて、店員はそちらに行ってしまった。

たん、と音がしたので顔を上げて、びっくりした。楓さんがジョッキを置いた音だったが、すでに空っぽになっている。すみませーん、おかわりー、と手を上げている。ちょっとペース速過ぎない、と小声で言うと、だいじょうぶだいじょうぶ、とあんまりだいじょうぶでもなさそうにへらへらと笑う。

「そんなにたくさん飲めないでしょ」

「だいじょうぶだってばー、弓子めお母さんかよー」

楓さんは私の肩をばしばしと叩く。完全に酔ったらしく、ぎょっとするほどの力の強さだった。

9　楓

ねえ星、すごくない、星、と空を指さすと「おねえさん、それ言うのもう、五回目だよ」と呆(あき)れたように笑った男が、あたしの頭をぽんと叩いた。視界がぐらりと揺れる。完全に飲み過ぎている。さっきの店で声をかけてきた男と、夜道を歩いている。

弓子は先に帰った。楓さん帰ろう、と何度も腕を引っ張っていたのだが、五回ほど「やだ、まだ飲む」とごねたら、ひとりで帰った。「勝手にすれば」とちょっと怒ったように言い捨てて、お金も払わずに出ていった。お勘定は、男がぶつくさ言いながら弓子のぶんも出した。

だってすごいんだもん、とまた顔を空に向けた。オリオン座も北極星もくっきりと見える。さすが田舎だ、空が広い。星というものはうすらぼんやりとしか見えないものだと思いながら生きてきた気がする。

故郷の町で見る夜空は、どうだっただろうか。思い出せなかった。そもそも夜空を眺め

るという行為自体、しなかった。うんと若い頃は星に限らず、この世に存在する自然の美の価値がよくわからなかった。花や、あざやかな色彩の生き物をきれいだな、と思うことはあっても、しみじみと感じ入ることはなかった。

今は違う。花も星も有限であり、それらを今目前にしているあたしの命もやっぱり有限であるということを理屈ではなく感覚でわかりはじめてから、美しいものを見ると自然に涙が零れるようになった。こんなふうに。

「えっ。泣いてんの？　なんで？」

何それー、えー？　と男がうろたえる。男の名前はさっきもちろん聞いたが、もう忘れた。男が、おねえさん泣かんとってよー、と言って自分の袖であたしの涙を拭う。たぶん涙でにじんだマスカラがついただろうな、と思った。飲み過ぎているが、頭の隅っこに妙に冷静な自分がいて、膝を抱えてしずかにあたしを見ている。名前も覚えられないような男と一緒にいて、なにが楽しいの？　バカなんじゃないの？

涙が次から次へと零れ落ちる。頭上で輝く、冬の大三角形をかたちづくる星の名前がわからない。シリウスとプロキオンとあとひとつが思い出せない。ヒラツカさんに教えてもらったのに。

星の名前をたくさん知っている人だった。なんでそんなに知ってるのと言うと、だって

子どもの時授業で習ったでしょう、と笑っていた。あたしはそんなの、もう全部忘れてしまった。

もう教えてもらえない。シリウスとプロキオンとあとなんだっけとヒラツカさんに電話をして訊ねることがもうできない。

ヒ、ヒラツカさんに、と呟きながら、あたしは泣き続けた。知らなかった。いつのまにあたしはこんなにあの人のことを好きになっていたのだろう。恋愛感情など簡単にコントロールできると思っていた。それ以前に、こんなにたくさん泣けるほど人を好きになる体力はもう残ってないと思っていたのに。

「ヒラツカさんって誰？」

「ヒッ、ヒラツカさんは、ヒラツカさんよ」

あんたの知らない、イルカみたいな顔の、ヒラツカさんよ、としゃくりあげるあたしの隣で、男が大きく溜息をついた。

「しかたないなあ」

男が言って、あたしの頭を引き寄せる。髪が男の指輪にひっかかってすこし痛かった。

楽しくなくてもいいの。もうひとりのあたしに背を向ける。今は内省とかしたくないし、友だちの心配とかも役に立たないの。ただ、お菓子が必要なだけなの。

濡れた頬を男の胸に押しつける。目を閉じて煙草の臭いを吸いこんだ。

室内に立ちこめる消毒液のような匂いと男の荒い呼吸に混じったアルコールと煙草の臭いとで徐々に気分が悪くなる。胴のいちばん細いところを摑んで激しく揺らされているせいで、視界も揺れている。

車に乗せられ、山の上にあるけばけばしいピンク色の外壁のホテルの部屋に入っていくあたしを、やっぱり頭の中でもうひとりのあたしが見ていた。あーそうなの、ついていっちゃうの、へえーそうなの、と頷きながら見ている。言うまでもなく男は飲酒運転だった。男とつきあう時に、性的嗜好のすり合わせをおこなうのが面倒であると言ったのは誰だったっけ。そうだ弓子だ。ついこのあいだのことなのにずいぶん昔のことのように思える。しょうもないこと考えるなー弓子は、とあらためて呆れる。

すり合わせなんかしないで、合わないな、と思ったらすぐ別れてしまえばいいのだ。すり合わせなんかしなくても最初からぴったり合う人がいるんだから。ヒラツカさんみたいに。

ヒラツカさんは初回からあたしの身体のどこにどう触れればどういう反応が返ってくるのか、ちゃんとわかっていた。

あたしの身体の上でいそがしく往復運動をおこなっている男は汗っかきらしく、額から流れ落ちた汗があたしの額に落ちてきた。枕に顔をうずめるふりをしてそれを拭う。

ヒラツカさんは小太りのくせに汗をあまりかかなかった。胸や腕のあたりの皮膚に触れてみるとすべすべと滑らかで、ヒラツカさんは肌が綺麗ねと言うと、それは男の台詞だよと笑っていた。だってそう思うんだもの、と答えると抱き寄せられた。

ヒラツカさんの唇は柔らかいね。そう言ったらまた「それは男の台詞だ」と言うのだろうかと逡巡しているうちに、ヒラツカさんの唇はあたしの身体のあらゆる箇所に赤い痕を残していった。声をもらさぬように両手で口もとを押さえていたら、そこにも唇が落ちてきてあっさりと指がほどかれた。

ヒラツカさんヒラツカさん、と他の男のことばかり考えているうちに、あたしの身体の上にいた男はことを終えたらしかった。身体を離して、バスルームに消えていく。あたしはそのまま気絶するように眠りに落ちた。性交に満足したわけではない。長時間にわたって身体を揺らされ続け、粘膜をこすられ続けて、ひたすら疲弊したのだ。

ヒラツカさんヒラツカさんと思っていたのに、その人の夢を見ることは叶わなかった。代理出演とでも言わんばかりに、かたつむりが出てきた。

小型犬ぐらいの大きさのかたつむりの殻は虹色をしていた。のろのろ、のろのろ、這っ

ていくのに、追いつけない。夢の中ではたいていそうであるように、足が重くてちっとも前に進めない。追いつけない、ぜんぜん追いつけない、と焦っているうちに、いつのまにか泣いていたようだ。

目を開いた時、睫毛(まつげ)に涙がからみついていた。のろのろと上体を起こすと、後頭部に激痛が走った。飲み過ぎたことを激しく悔やむ。枕元のデジタル時計を見ると、午前一時だった。それなりに長く眠っていたらしい。軽く身震いしてからようやく、男の姿が見えないことに気づいた。まさかまだお風呂に入っているんじゃないよね、と耳を澄ましたが、水音も聞こえない。痛む頭を必要以上に動かさぬよう、水平に保ちながらゆっくりゆっくりと散らばった服を拾い集めて身につける。

ソファーに置いた鞄の口が開いていて、財布が覗いていたので、はげしく嫌な予感に包まれながら、でも動作はひどく緩慢に、財布を開く。所持金六万円が、すべて抜き取られていた。

どさりと音を立てて、ソファーに座る。頭痛が激しさを増した。ぐはあ、というようなへんな声が漏れる。カード類、およびスマートフォンは無事だった。盗んだのが現金のみなのは男のギリギリの良心のあらわれなのだろうか。

あたしに「ぐはあ」という声を出させたのは、男に逃げられたことではなく、お金を持

ち去られたことでもなく、自分の「へんな男センサー」が作動しなかったというショックだった。あたしのセンサー、いったいどうしてしまったの？　震える手でスマートフォンを操作し、弓子の番号を呼び出す。

10　弓

　楓さんからの電話で目を覚ました。ホテルに行ったのだがお金が払えなくて部屋から出られない、と言われて携帯電話を取り落としそうになった。アホか。

　ホテルの名前（『アムール』とかいうクソみたいな名前だった）を地図で探す。さいわい、なんとか自転車で行けそうな距離だ。腹立ち紛れにペダルを強く漕ぐ。夜気に晒されて、耳も鼻もゴムのようにつめたくかたくなった。なにがアムールだ。

　なに、が、アムール、だっ、と声に出して言いながら、ペダルを漕ぎ続けた。すくなくとも楓さんとあの男のあいだにはアムールなぞ存在しない。

　けばけばしいピンク色の外壁の、これまたけばけばしい赤い造花が飾られた玄関に足を踏み入れる。離島にこんなものを建ててだいじょうぶか、と余計な心配までする。誰と誰がここに入ったとか、その日のうちに島中に知れ渡りそうな環境に思われるのだが、みんなどうしているのだろうか。そのあたりのことはお互いに見て見ぬふりをしましょう、な

んせ性欲の領分ですからという暗黙の了解があるのだろうか。

ホテルの代金を精算できずに部屋の中にいるはずの楓さんが、腕組みして立っていた。ぼんやりと、壁面に並んだ部屋の写真を見ている。

「楓さん」

声をかけたが、振り向かない。下のほうの写真を指さして、この部屋だったの、と呟いた。

「いちばん安い部屋だった」

「今どうでもいいんだけど、その情報」

楓さんとあの男がどんな部屋で性交をおこなったかなどものすごくどうでもいいし、聞かされても困る。むすっとしたまま、私は「ほんとに、どうでもいい」と繰り返す。

「お金がなくて部屋から出られなかったんじゃなかったの?」

いちばん安い部屋だったから助かった、と言って楓さんはようやく振り返った。瞼(まぶた)が赤い。鼻の頭も。

コートの襟の裏に一万円札を縫いつけていたのを、電話を切った後に思い出したのだそうだ。それで精算を済ませて、出てきたという。

「なんでお金を縫いつけてるの、そんなとこに」

「母から教わったの。まさかのために、旅に出る時はそうして行けって」

楓さんのお母さんが想定した「まさか」とはおそらく、スリやひったくりのことだったのだろうな、と思う。よもや初対面の男と性交をして、事が終わった後寝ているあいだに所持金を持ち去られるような「まさか」ではなかっただろうと思ったが、それを今このタイミングで楓さんに言うのは意地悪が過ぎると思った。

「……ねえ、お金を払わないと出られないんだよね？　この部屋」

あらためて疑問に思い、私は部屋のパネルをこつこつと叩く。

「だから電話したんじゃない」

「あの男は、どうやって先に部屋から出たの？」

「フロントに言って、出してもらったんじゃないかな」

「……訊いてみよう」

フロントはどこなの、と探しはじめた私の腕を、楓さんが強く引く。

「いい。もういい。帰ろう。帰りたい」

「だって、グルなのかもしれないよ？」

「いいって、もう」

「じゃあ警察に」

被害届を、と言いかけた私の言葉は楓さんの「やめて！　いや！　絶対いや！」という絶叫で遮られる。

「……じゃあ、帰ろうか」

若い男女が入ってきて、ぎょっとしたように私たちを見る。ほら、行こ、と楓さんは私の背中を押して、歩き出した。

「ほんとにいいのね？　警察行かなくて」

「……しつこいよ、弓子」

言ってから楓さんはちらっと私を見て「……ごめん」と呟く。私は答えなかった。

自転車の荷台に楓さんを座らせて、走り出す。ふたり乗りなんて何十年ぶりにやったかなと思う。そうだ、十四歳の時に男の子と空港に行ったのが最後だ。最初は彼が漕いでいたのだが、帰り道で「疲れた」と音をあげたので、ちょっとだけ代わったのだった。非力な私が漕ぐ自転車は数メートルも進まずによろよろしはじめて、植え込みにつっこんでふたりとも歩道に投げ出された。倒れたまま、なんだかおかしくてげらげらと笑った。

元気ですか。心の中で彼に問う。あなたが行きたがっていた国のいくつかに、行けましたか。今は結婚して二児の父である彼に、問い続ける。

元気であってほしい。かつて焦がれるほどに好きだった相手の現在の暮らしが、とにか

くすこやかで、やすらかであることを願う。そして心の中で、ちなみに私は今ヒイヒイ言いながら自転車を漕いでます、いちおうは元気です、とも付け足す。

家に帰りつくまで、楓さんは口をきかなかった。はあはあと息を切らしながらペダルを漕ぐ私に「だいじょうぶ?」の一言もない。

「顔、洗ってきたら」

玄関で靴を脱ぎながら言うと、おとなしく頷いて洗面所に入っていった。台所で手を洗いながら待つ。

化粧を落とした楓さんは、幼くも見えるし、老けているようにも見える不思議な顔をしている。服を脱ぎはじめたので顔を背けたが、胸元についていた大きな赤紫色のあざはばっちりと目に入った。二度と会わぬ(であろう)女の身体に自分の痕跡を残すという行為の滑稽さを、こんな状況でなければ笑えただろう。歴史に名を残さぬ者はこの程度のことで充たされようとするのだろうな、とまで思った。あの男は滑稽だし、醜いあざを残された楓さんは愚かで哀れだ。

自分のカーディガンをスーツケースから出して、布団の脇に置いた。洗面所から出てきた楓さんに「寒かったら、それ着て」と指し示す。

「ありがとう」

楓さんは疲労のためか、眠さのためなのか、うつろな眼差しで左右に揺れながら、カーディガンを胸に抱いた。やさしいね、弓子って、と半分眠っているような声で言う。

「甘え過ぎてしまいそう」

「それはやめて、絶対」

冗談だって、と楓さんはにこりともせずに言いながら、布団に潜りこむ。

「他人から際限なく引き出せるやさしさなんてないんだよ、楓さん」

知ってるよ、ちゃんと、と楓さんは、片頬を枕に押しつけて、目を閉じる。

「……迎えに来てくれてありがとう」

うん、と頷いて、私も服を脱いでパジャマがわりのスウェットに着替えた。隣の布団に入って電気消すよ、と声をかけた。

「弓子」

暗闇で聞く楓さんの声はわずかに掠れていた。

「なに?」

「あたしのセンサー、もうだめみたい」

「ヒラツカさん」という男性のことを、楓さんが「いつのまにか」「自覚なしに」ものすごく好きになっていたのかもしれないという話を、暗い天井を眺めながら聞いた。

「……センサーはきっと、ちょっと故障してるだけだよ」

「そうかな」

「うん。今ちょっと調子が悪いっていう、それだけのこと」

「そうだったらいいけど」

センサーの調子が悪くなるほどの相手と、特に話し合うこともなく別れてしまってよかったのだろうかと思ったが、それも今この瞬間に言うべきことではないだろう。

「寝よう。寝ないと、センサーが直らないよ」

「いっぱい寝たら直るかな」

いっぱい寝ただけで解決することは睡眠不足ぐらいのものだろうが、睡眠不足だと、たぶんなにかに向き合う気力さえなくなると思うから寝るんだよ、と辛抱強く説明している途中で、楓さんは眠ったようだった。規則正しい寝息が聞こえてくる。おやすみ、と呟いて、目を閉じた。

夜中に突然電話で楓さんに呼び出された時、最初に感じたのは「いい年していったい何をやっているんだ、しっかりしてくれ」という激しい怒りだったが、実際ホテルの玄関で悄然(しょうぜん)としている楓さんの薄い背中を見たら、もう何も言えなくなってしまった。

あの男への怒りはおさまらない。

最初に話しかけられた時もっときっぱり拒んで、寄せつけないようにすればよかった。先に帰らずに、強引に楓さんをここに連れ戻せばよかった。私もいいかげんもう寝たほうがいいのだが、怒りでますます目が冴えてくる。

首を傾けて楓さんを見る。薄暗がりに浮かぶ、かすかに口を開けた寝顔をたしかめた。あの小太りの男がそんなに好きだったのか。楓さんは「イルカみたいな顔のおじさんだったでしょ」と言っていたが。

イルカおじさんがどれぐらいの期間、楓さんの部屋に通ってきていたかということを思い出そうとしたが、無理だった。長くても、三か月ぐらいだったような気がする。つきあう男性のサイクルがあまりに短いので、楓さんはいわゆる熱しやすく冷めやすい人なのかと思っていたが、そうでもなかったのかもしれない。もしかしたらぴったり合う人を探し続けて、この人は違う、ああまたこの人も違った、と今まで思い続けていたのだろうか。

俺の規格にぴったり合う、とかつて、宏基は私に言った。宏基の食べものの嗜好と、私のつくる料理の傾向。正面から、あるいは背後から抱きしめた時に宏基の腕の中にすっぽりおさまる私の体型。それが「ぴったり合う」ということらしかった。俺はわりとよく喋るほうで、弓は聞き上手なほうだから、そこも、と。

ぴったり合う、ということはもしかして相手のほうが自分に合わせてくれているのでは

ないかと疑いもしない宏基の無邪気さを愛しく思っていた時期も、たしかにあった。

うう、と楓さんが小さく呻く。急いで飛び起きて近づいたら、楓さんはかすかに眉間に皺を寄せていた。嫌な夢でも見ているのだろうか。とんとん、と掛布団の胸元を叩いたら、眉間がゆるんだ。すう、すう、とまた寝息が聞こえ出してからも、私はしばらくそこで寝顔を見ていた。

子どもの頃、たまに真夜中に目が覚めると、隣で寝ている母の顔をこんなふうに覗きこんだ。母の寝息はとても静かだった。眠っているような死顔というのがあるが、母は死んでいるような寝顔をしていた。口もとに手を当てて確かめて、ようやくまた眠りにつくことができる。

母と楓さんはほんのすこしだけ、似ているような気がする。あぶなっかしいな、と傍で見ていて感じるところが。

もっとも母は、異性に関しては楓さんのように奔放ではなかった。私の知る限り、死ぬ直前までつきあっていた元教師の人以前には、ひとりしかいない。「スナックじゅん子」は商店街にあって、その数軒先の定食屋で会った人だ、と言っていた。

「カウンターの席であたしがね、小鉢のお豆腐にかける醬油を探してたら、ふたつ隣の席からすうっと滑らせるようにして渡してくれたのよ」

やさしいでしょ、と言われて私は、黙って頷いた。醤油を渡された程度のことを「やさしさ」と受け止める母は、子ども心にもいじらしく哀れに感じられた。けれども言わなかった。その人と会ったとか、その人からもらったというつまらないハンカチとかキーホルダーを自慢する母は楽しげで、剃刀を振り回すこともなかった。

ある日学校から帰ってきたら、母が姿見の前で見たことのないワンピースを着ていた。ただいま、と声をかけると、今日買ったのよ、とワンピースの裾をつまんだ。白い木綿のワンピースで、腰のところに共布（ともぬの）のリボンがついていた。母は不器用でそのリボンが縦になっていたので、結び直してあげた。母の選ぶ服としては、珍しい気がした。

「清楚（せいそ）な感じする？」

せいそ、という言葉は知らなかったが意味はなんとなくわかった。おじょうさまみたい、とぎこちなく答えると、母は嬉しそうに笑った。男の好みが「清楚なお嬢さま」だったのだろう。

一度だけ、その男のところに連れていかれたことがある。百貨店の屋上で、パフェを食べた。男の顔はまったく覚えていない。ふたことみこと言葉を交わしたように思うが、やはり内容は忘れた。母はその時にも木綿のワンピースを着ていた。

夏が過ぎて、秋が終わりかける頃に、学校から帰ってきた私は、鋏（はさみ）でずたずたにされ

たワンピースが畳の上に落ちているのを発見した。母がトイレからふらりと出てきて「あの人、奥さんがいたのよ」と呟いた。私が無言でゴミ袋を用意して、かつてワンピースだった布きれを拾いあつめるあいだ、母はウイスキーの入ったグラスを片手に立膝をついていた。グラスが畳の上に置かれて、母がこちらに近づいてきたと思ったら平手が頭に、背中に、肩に打ちつけられた。何度も何度も。

私は声を漏らさなかった。虫が母の身体から出ていくことをひたすら願い続けた。

虫を追い出すことはできなかった。たぶん、誰にもそんなことは不可能なのだろうと思った。飼い馴らすことは可能だっただろうか。可能だったとしても母には無理で、だからもう考えるのはやめようと、私はようやく目を閉じる。

11　弓

夢を見ていた。筋があってないような暗い色調の夢だった。夢の中で、私は船に乗っている。一緒に誰かが乗っているようだけれども、誰なのかは暗くてわからない。ビー、という音。あれは汽笛なのか。違う。違う、あれはこの家の呼び鈴だ、と思ってがばっと上体を起こした。呼び鈴はまだ鳴り続けている。なんだろう。はい、と返事をしながら玄関に近づく。ガラス戸のむこうに、大きなシルエットと小さなシルエットがうつっていて、小さいほうはぴょんぴょん跳ねている。

こんなところまで来て宗教の勧誘かよ、来月のこともわからないのに世界の終末とか来世とかどうでもいいんですけど、と静かにむかつきながらガラス戸越しに「はい」とまた返事をする。弓子さん？　と相手が私の名を呼ぶ。急いで鍵を開けたら、小柄な女の人が頭を下げた。

「おはようございます。挨拶が遅くなりました」

どうやらこの人が「シズさん」らしい。あわてて私も頭を下げる。

シズさんの手の先は、小さな人の手に繋がれている。小さな人の澄んだ目が、まっすぐに私を見た。

シズさんという名前の響き、島で息子とふたり暮らしの「墓守」というデータから勝手に六十代ぐらいの女の人と三十代ぐらいの息子を想像していたが、目の前のこの人はおそらく私や楓さんとあまり変わらない年頃の人だ。息子はたぶん、五歳ぐらいか。

「昨日明かりがついとったんで、ああ無事着きんさったと思って挨拶しにこようとしたんですけど、この子昨日はちょっと熱っぽくて、診療所に連れていったり、ばたばたしとるうちに、すみません」

え、あの、お熱はもうだいじょうぶなんですか、と問う私には答えずに、シズさんは靴を脱いで、あがってきた。

シズさんは自分の靴を脱いだ後、自分の息子に靴を脱いだら揃えるように指示を出している。

「これ、どうぞ」と紙袋をつきつけられ、あ、あ、どうも、とたじろぎながら受け取る。全国チェーンの洋菓子店のクッキーが入っていた。

ほんとうはこちらからご挨拶に伺うべきだったのにすみません、と言いながら壁の時計

を見たら、午前十一時を過ぎたところだった。シズさんは私の着ているスウェットとぼさぼさの髪を見て「……まさか、今まで寝とんさったんですか」と片眉を上げる。

「あ、はい」

奥の部屋に敷いた布団の中で、楓さんが身じろぎした。ねー弓子ー、と寝ぼけた声を出す。

「頭が死ぬほど痛い……」

だから飲み過ぎなんだってば。もっと自分の年齢とか体質とか考慮しながら飲んでよ、と楓さんをたしなめていると、誰ですか？　とシズさんが小声で問う。

「一緒に来た友だちです」

「友だち？　なんで？　普通そんな人連れてきます？」

普通ってなんだよ、と思うが、口には出さない。

「あーちょっと、この部屋お酒くさくないですか？」

窓、窓、と喚きながら、シズさんは窓を開けてまわる。つめたい風が吹きこんでくる。まさかこの時間まで寝とる人がおるとはね、びっくりしましたよ、としつこく起床時間に言及するシズさんの口調は、たいへんに刺々（とげとげ）しかった。感じ悪いな、と思うが、この瞬間の私と楓さんがだらしないのは紛れもない真実なので、言い返せない。

「お水ちょうだい」

楓さんが上体を起こした。ようやくシズさんとその息子に気づいたらしく「おうお？」などとへんな声を出す。

「こんにちは」

ふいにシズさんの息子が元気よく挨拶をした。このタイミングで「こんにちは」とはまた頓狂な、と思ったが、シズさんは「挨拶できたね。ハイお利口さん」などと頭を撫でている。

あたふたとお茶のありかを探す。緑茶を淹れて運んでいくと、シズさんは「すみません、カフェインはあんまり子どもに摂らせたくないので、お水もらえます？」と両手を合わせる。子どもにはカフェインを与えてはいけないのか、そりゃそうだよな、と反省しながら引き返す。ついでに楓さんにも水を持っていった。楓さんはコップの水を半分ほど飲んで私に返し、また布団にもぐった。寒いんだけど、窓閉めてよー、と言われたので、ちょっと我慢して、と小声で答える。私も寒いが、この家の所有者の意向なのだから、しかたないではないか。

お茶菓子はなかったので、シズさんからもらったクッキーを皿にうつす。皿を持っていって正面に座ると、シズさんはにっこり笑った。

「宏基兄ちゃんの、奥さんですよね」

二番目の、と別に言う必要のないことをシズさんはでかい声で言い、はあ、と私は頷く。

「……シズさん、は宏基の」

「ハトコです」

宏基兄ちゃんとは家も近かったし、よう遊んでもらいましたー、とシズさんが遠い目をする。あ、そうですか、と私は頷く。

「宏基兄ちゃんは背が高くて、面倒見が良くて、かっこよくて」

わたし「大きくなったら宏基兄ちゃんのお嫁さんになるー」っていつも言ってて、だから最初の結婚しなさった時は、わんわん泣きましたー、とシズさんはにこにこしている。

「悲しかったけど結婚式の写真の、タキシード姿の宏基兄ちゃんはかっこよかったです。奥さん、あっすいません、最初の奥さんのことです、奥さんのドレスもきれいだったなー。くやしいけど、お似合いと認めざるを得ない、みたいな。でも弓子さんたちは結婚式は挙げなかったらしいですね？」

「あ、はあ。まあ……」

興味のない話に興味深げに相槌を打つ技術を、今日に至るまでついに会得することなく私は中年になった。とくに後悔はしていない。

結婚当初に私が宏基に連れられて墓参りに来た時には、たしかシズさんはいなかった。その頃は島ではなく隣の県の観光ホテルで働いていて、結婚して子どもを産んだが離婚して、そして島に戻ってきたとのことだった。

「けど、やっぱり宏基兄ちゃんのお嫁さんになれるだけあって、弓子さんは美人さんですね」

「え、ああ、ありがとうございます」

「わたしなんかもう、おばさん一直線ですもん」

私はあらためてシズさんを眺める。カフェオレのような肌色の、ぽっちゃりとした頬の彼女からは、たしかに「若々しい」という印象は受けないが、それはたぶんもっさりした割烹着みたいなかたちの服を着ているせいだと思った。

「そんなことはないですよ」

いえいえ、育児してるとね、自分のことは後まわしになっちゃうんですよね、子どものいない人はやっぱり余裕があって、うらやましいですー、と言いながらシズさんは息子の顔をのぞきこむ。尚太くんというのだそうだ。尚太くんは私を一瞥したのち、すぐに自分のリュックサックを抱えてテーブルから離れた。

「お風呂もね、子どもと一緒やったらてんやわんやですよ。あがったら化粧水ばばーっと

つけて終わりですもん。弓子さんやら、じっくりお手入れする時間がたっぷりあるでしょ」

シズさんはまだ外見に関する話をしている。だんだん面倒になってきた。さあ、どうでしょうね、と濁して尚太くんのほうを見た。

リュックサックからミニカーを取り出して、たたみのへりに並べている。高速道路の渋滞のような列ができた。もうそろそろ隣の部屋の楓さんが寝ている布団に届こうとしている。客が来ているからといって、起きてきたりはしない。頭が痛ければ寝続ける、楓さんは、そういう人なのだ。そのマイペースさにあらためて感動する。

「でも、同世代だし、なんだかんだで、わたしたち仲良くなれそうですよね？」

「え？」

なんだかんだで？　え、どういうこと？

「お昼、一緒に食べましょ。良かったら夜も。食事は、大勢でしたほうが楽しいでしょ？」

なんだかものすごく面倒くさいことになったなあと思いながら、私はミニカーの行列を眺めている。

昼食は、シズさんが買ってきてくれた。車でちょっと行ってきます、と尚太くんを連れて出ていって、すぐに帰ってきた。

「ありがとう」

お惣菜(そうざい)の、サラダ巻きや鶏の唐揚げが入った袋を受け取る。レンジで温めたり、唐揚げの皿にレタスを添えたりしているあいだに楓さんがようやく起きたらしく、シズさんと話している声が聞こえてきた。へえ、弓子さんの隣の部屋に住んでるんですか。結婚は？してない？あらー。都会の女の人はでも、そういうのめずらしくないのかな？お綺麗なのにねー。おもにシズさんがメインで喋っているようだが。

「いや、綺麗な人から順番に結婚していくわけでもないからね」

楓さんが言うと、シズさんは黙る。

居間のテーブルは、尚太くんにはすこし高過ぎた。楓さんが座布団をふたつ折りにして、これに座りな、と無造作に押しやる。

「あの」

宏基の、ことなんですけど。私が言うと、シズさんの眉が一瞬びくんとはね上がる。

「もう光恵さんから聞いてらっしゃると思いますが、島に宏基らしき人がいたらしいんです。シズさん、会いませんでしたか？」

「……さあ。知りませんね」

もし宏基兄ちゃんが来たんなら、わたしのとこに寄ってくれるはずですけどねえ、と言いながら、シズさんはサラダ巻きを頬張る。

「他人の空似じゃないですか？」

シズさんは口をもごもごさせながら私を見る。そうですか、と私は頷いた。

昼食を終えた後、皿を洗っていると、シズさんが私の隣に立った。

「あの楓さんって、なにしてる人ですか？　水商売？」と耳打ちしてきた。

「仕事なら、このあいだまで一般事務をやっていたみたいですけど。漬物屋さんの」

「へえ」

本人に訊けばいいのに、と答えると、ちょっと訊きづらくて、と唇を尖らせた。

シズさんはなおも「あの人今までずーっと独身なんですって。めずらしくないですか？」と、とっておきの秘密を打ち明けるように私の耳元で囁（ささや）いてくる。生温かい息がかかって、わずかに身を引いた。

「全然めずらしくないと思いますけど」

いったいなにをそんなにめずらしがっているのかと、私はまじまじとシズさんを見る。

「トラックどーん、大事故ですピーポーピーポー」とミニカーの事故を実況する尚太くん

の声が聞こえてきて、ああそうか、シズさんの周りにはそういう人がほとんどいないのだな、と思った。「わたしが見慣れない」からめずらしいのか。

「結婚なんて絶対しなきゃいけないもんでもないんだから、別にいいでしょう」

離婚する人だっているし、と、将来的にそうなるかもしれない自分について言ったつもりだったが、シズさんは自分のことを言われたとでも思ったのか「私は一回できただけましだと思ってますけど？」とやや鼻息を荒くした。

「ましって……」

「なんですか。だめなんですか？」

「結婚するとか、しないとかは、個人の自由なので」

でもー。シズさんはお皿を拭きながらまた唇を尖らせる。

「しなきゃいけないわけじゃないけど、一回ぐらいはしといたほうが絶対いいですよ。周りだってうるさいし」

「シズさんは周りがうるさいから結婚したんですか？」

世間体とかけっこう気にするほうなんですね。私はなるべく嫌味っぽくならぬように気を遣いながら言う。周りだの世間だの気にすることは別に構わないが、それを他の人間に押しつける人はやっかいだ。

「ふうん。気にする価値もないってわけですか？」

シズさんがふきんを置いた。顎を上げて、ちらりと私を横目で見る。

「かっこいいですねー、弓子さんは。世間なんて気にしないわ、って感じですか？」

「いえ別にそういうわけじゃないですけど」

なんなのこの人、めちゃくちゃ喧嘩腰なんですけど、と思いながら、皿を食器棚に仕舞う。シズさんは顎を上げたまま、私を正面から見据えた。

「でもわたしたち、どこで暮らしてます？」

世間。せーけーん。まさしく世間じゃないですかー？　シズさんの目の底が冷たく光っている。答えないでいると、シズさんは小さく且つわざとらしい溜息をついて、私の脇をすり抜けた。しょうちゃん、しょうたー、と甘い声で呼ぶのを、背中を向けたまま聞いた。

皿を洗っているあいだに、着信が一件入っていた。外に出て、歩きながら電話をかけなおした。

「弓子さん？　今いいかしら？」

光恵さんだった。どう、宏基いた？　と訊ねる。

「いません」

シズさんに会いました、と言うと、ああ、と答える。私あの人苦手なんですけど、と訴

えようとしてそんなことを今ここで光恵さんに訴えてどうなるものかと思い直した。

「ついでにお墓参りに行ってきてくれない？」

家の裏の、山の中腹にあるから。自分の言いたいことだけ言って、光恵さんは電話を切った。

家に戻ると、楓さんと尚太くんがミニカーで遊んでいた。シズさんがにこにこしながら「今日、わたしたちもこっちで寝てってていいですか？」と言う。勝手にしてくれ……と思いながら頷く。

尚太はもう五歳なので赤ちゃんじゃないし、そんなに手もかからない、というシズさんの言葉に、そういうものですかと頷いたが実際はそうでもなかった。もちろん世話をするのは母である彼女なのだが、横でそれを見て、話している声を聞いているだけではげしく疲れる。

まず、夕飯に食べられるおかずがないとキーキー言う。お風呂に入りたくないとキーキー言う。大騒ぎしてお風呂に入ったと思ったら「シャンプーが目に入った」とすさまじく泣き喚く声が聞こえてくる。お風呂あがりにアイスが食べたいと駄々をこねる。寝る直前まで騒ぎ続けて、やっと布団に入って寝たと思ったら今度は寝ぼけて泣き出す。

こわい夢見た、と訴えている。ゴリラが、と言っている。はだかのゴリラが、と何度も

くりかえす。ゴリラはたいてい服を着ていないぞ、と暗闇で目をこすりながら思う。わけがわからん。しかしシズさんは「わけがわからん」と放り出すでもなく、そう、ゴリラがこわかったんね、と答えている。

「もし」とか「こうだったら」などという言葉は、使わないに限る。仮定について、いくら考えたって意味がない。でも私はいつのまにか考えていた。もし私が宏基の子どもを、産んでいたら。

きっと私は今、ここにはいなかったのだろう。

私の投げ出した腕に頭をちょこんとのせる、小さな生きものを夢想する。私よりも高い体温をした、愛らしい小さな生きもの。

ふたたびうとうとと目を閉じた。シズさんが小声で歌い出す。子守歌ではない、でもやさしい調子の歌だ。なだめるように、布団の端をとん、とん、と叩きながら、シズさんは歌い続ける。母のことを思いながら、寝返りを打った。

12　弓

翌朝、朝食のバターロールをトースターであたためながらシズさんに話しかけた。

「今日、島をぐるっとまわってみようと思ってて」

観光ですか、なんもないとこですよ、とシズさんは頭を振る。インスタントコーヒーの粉をスプーンをつかわず、三個並べたマグカップに直接等分に振り入れている。楓さんが起きてきて、わーおいしそう、と呟く。皿の上にはちぎったレタスと炒りたまごと、焼いたソーセージと、ツナ缶をマヨネーズで和えて黒胡椒を振ったものを盛りつけている。バターロールには切りこみを入れて、各自好きなものをはさんで食べるかたちにしたのだった。幼児を含めた四人分の朝食などつくったことがなくて、悩みに悩んでこうしてみた。

「ああ、島の北側に洞窟があります」

なんとかいうお坊さんがそこで修行をしとって、洞窟の壁に石仏が彫ってあるんです、とシズさんは言う。

「幽霊が出るていうて、何年か前になんとかいう雑誌の記者が取材に来て、洞窟で足すべらせて骨折って帰ったそうです」

ひゃひゃひゃひゃ、とシズさんはめちゃくちゃ楽しそうに笑う。

「いや、観光じゃなくて」

宏基のことを見かけた人が他にいないか、訊ねてまわろうかと思ってるんです、と言い終わらぬうちに、シズさんが突然「んーんー」と大きな声で遮った。楓さんが疎ましそうな視線を投げる。なぜか妙に楓さんになついている尚太くんは楓さんの横で、バタールにはさんだ炒りたまごをぼろぼろこぼしていた。

「んーんー。宏基兄ちゃんはここにはおらんと思いますよ。見かけた、いうのも見間違いですよ、絶対」

異様なほどきっぱりと言いきる。まあでも一応、やるだけやってみますよと言うと、シズさんは「しょうがない人だなあ」とばかりに大きな溜息をついた。

「そしたら、いいとこに連れてってあげますよ」

朝食後に、「テレビ見てる」と言った楓さんだけを残して、家を出た。

シズさんの言う「いいとこ」は、公民館らしかった。今日は婦人会の寄り合いがあるん

で、と言う。

「みんなに訊いたら、いいんじゃないですか。まあ無駄だと思いますけど」

公民館は茶色い瓦屋根に白い外壁の、ちんまりした建物だった。入ると下駄箱があって、緑色のスリッパが並んでいる。下のほうにはサンダルや運動靴が置いてある。尚太くんの手を引いたシズさんがすりガラスの引き戸を開け放つ。会議室なんかによくある長テーブルをコの字にくっつけて、よく陽に灼けた女の人たちが座っていた。

シズさんと女の人たちはふたことみこと、言葉を交わす。それを聞いて、シズさんが私たちに向かって喋る時は、かなりよそいきの言葉をつかっているのだな、と知った。方言が強烈なうえに早口なため、まったく聞き取れない。かつて光恵さんや宏基もこういう言葉を使っていたのかと思ったら、なんだか急に知らない人のように感じられた。

今まで私は自分の夫や、夫の母のことをそれなりに「わかっている」つもりだったけれども、ほんとうはなにひとつ知らないのではという気すらしてきた。非常に、心もとない。

公民館に集まっている女性たちは、五十代・六十代が主で、ひとりはかなりの高齢に見えた。シズさんはたぶんこの中では「若手」みたいな扱いなんだろうなと思う。尚太くんは床に座って、また例のミニカーの渋滞をつくりはじめている。

私は宏基の写真を取り出したが、それを女性たちに見せる前にシズさんがその手を押さ

えた。

「ねえ、宏基兄ちゃんみたいな人が島にいたって言うたのは誰ですか？」

ひとりが、光恵さんの友人だという人の名を口にした。シズさんは「あーあー」と頷き、私を振り返った。

「その人ね、だいぶモウロクしとるから、あてになりませんよ」

シズさんは口の横に手を添えて囁く。光恵さんはそんなことは言っていなかったが。それとも電話口ではその耄碌ぶりがわからなかったのだろうか。

「ねえこの中で宏基兄ちゃんみたいな人、見かけた人おる？　おったら手ぇあげてください」

女性たちは俯き加減のまま、黙っている。シズさんはなぜか勝ち誇ったように顎を上げて「ね？　言うたでしょうが」と笑う。

はあ、と私は頷く。女性たちがちらちらと目を見合わせている。

だまし絵を眺めている時のような、へんな感じがする。シズさんは私に嘘をついている。なにか知っているのに隠そうとしている。なにか、とは思うが、そのなにかがうまく言葉にできないので、言い出せない。だから私は部屋を見まわして、話題を変えることにした。

壁の隅に、段ボールが置かれていた。すこし開いていて、白くまるいものが見えている。

「あれは、なんですか？」

ああ、と女性のひとりがなにやらほっとしたような顔で立ち上がる。

「これはミガワリサンです」

ミガワリサン、と私はおうむ返しに呟く。

島で毎年、十二月におこなわれる行事で使うのだという。参加者がひとりずつ自分の願い事を胴体に記した一体の人形を焚火(たきび)にくべる、というものらしい。その人形が「ミガワリサン」というのだった。

近所の神社でおこなわれる師走大祓(しわすおおはらえ)というのに一度だけ参加したことがあって、たしかそれも人のかたちをした白い紙に自分の名前を書き、境内で燃やして一年間の罪・穢(けが)れを清める、という内容だったように思う。

ミガワリサンという響きがなんとなく不気味というか『世にも奇妙な物語』感が溢(あふ)れ出ている気がしたが、近所の神社でも同じようなことがおこなわれているのだから、と思い直す。

ミガワリサンとして使用する人形は婦人会の人たちが手作業でつくっているとのことだった。お勤めをしている人もいるので、毎週土曜日にのみこうして公民館に集まって「わいわいお喋りしながら」やっているらしいのだが、各島民に一体ずつとなるとかなりの量

で、島にいくつか存在する婦人会の人数に応じて割り当てられる生産ノルマがきついという。それでお勤めをしていない人は土曜以外もここにミガワリサンづくりに通うらしい。

かばんから裁縫箱を取り出したおばあさんが「五体もつくると目がしょぼしょぼしてきて」とぼやくので、私は真剣に「それは大変ですね」と相槌を打った。

「ああそうだ、いいこと思いついた」

シズさんが胸の前で両手を組む。

「弓子さん、ここでミガワリサンづくり手伝ったら？」

どうせこっちにおってもすることないでしょう、とシズさんに決めつけられて「ええっ」と声を裏返らせたものの、目のしょぼしょぼ感に悩まされているおばあさんが「ああ、助かるねえ。ありがたいねえ」と私を拝んできたので、断るタイミングを逸した。

ミガワリサンのつくりかたを、見せてもらった。長方形の白い布の三方を縫い合わせ、綿をつめる。細長い棒状のものができたら、五分の一ぐらいの長さのところでねじって糸で縫い留め頭をつくって、最後の一方を縫う。残り五分の四の胴体に手足をあらわす白い紐を縫い付けたら完成という、非常にシンプルなものだった。

まあ、これなら難しくもなかろうと思い、椅子に腰かけてさっそく一体、つくってみる。隣の女性が私の手元を覗きこんで、あらー手早い、と感心した。

手芸はもともと嫌いではないし、それなりの腕もある、と自負している私は「はじめてとは思えん、すごいすごい」と褒められてつい、その気になった。

どんどんいこうぜとばかりに、布と綿をどさりと目の前に置かれる。すごいねえ、うちらの会はあっというまにノルマ達成しそうやねえ、とおだてられて、照れ笑いしながら針を動かし、自分はこういうのに飢えていたのかな、と思った。

仕事をしていない今の状態で、私がいちばんつらいと感じているのは、金銭的なことを別にすれば、身の置きどころの無さ、これにつきるのだ、とあらためて、今この瞬間に発見したのだった。「助かるわ」と自分以外の人間に言われるのは嬉しい。ものすごく大袈裟に言えば、私がこの世に生きてる意味、ちゃんとあるんですね、という気分になっている。

四十歳目前で自分再発見してる場合か、などと思いながらも、休まず針を動かした。三体つくったところで気づいたが、シズさんと尚太くんがいつのまにかいなくなっていた。あの子らならとっくに帰ったよ、などとあっさりおばあさんに言われてなんとなく、はめられた、という気分になった。

公民館を出ると、もう陽が沈みかけていた。腕をまわして、肩の凝りをほぐす。ミガワ

リサンが一体できるたびにおばあさんがにこにこと喜んでくれるのでついこんな時間までやってしまった。

今日、夕飯つくるのめんどうだなあ。シズさんたちまた食べにくるのかなあ。ひとりでぶつぶつ言いながら歩く。コンビニとか、気軽にさっと入ることのできるチェーンの飲食店みたいなのがないから不便だ。例の（小汚い）の店には行く気がしない。

数メートル先を、背の高い男が歩いているのが見えた。宏基に似ている気がして、小走りに近づく。あ、違った。近づいてみてわかった。宏基よりも若く、陽に灼けた男だ。なんだこの女、とばかりに、訝しげな視線を浴びせられる。ちいさく頭を下げて、歩調を緩めた。

薄闇の中であらためて見ると、宏基にはまったく似ていない。宏基はもっと、ゆっくりと歩く。結婚前にはじめて一緒に外を歩いた時、牛並みに遅い、と感じた。

「だって、女の子って歩くのが遅いだろ」

いかにも私に合わせているような言いかただったが、宏基ひとりの時でも遅かった。

女の子って何々だろ。女の子ってこういうの好きだろ。そういう言いかたを、そういえばよくする人だった。過去形で思う。

「女の子」と言われるのは、好きではなかった。十代の頃ならそう呼ばれるのはあたりま

えだが、なんだか、という感じがした。「女の子」という言いかたに、なにか一人前でないようなニュアンスを勝手に感じたのかもしれない。女はそうやって、かわいらしいものとしてあつかっておけばいい、とでもいうような。

ああ、そうだ。一度けんかしたことがあった。歩きながら今まですっかり忘れていたことを思い出す。

宏基が私に冗談で「どうぞ、お姫さま」と言ったことがあった。たしか階段をおりる時かなにかで、宏基が数段下から手を差し伸べてきたのだった。食事をした帰りで、ふたりともすこし酔っていた。結婚したての頃だったと思う。

「ありがとう」

階段はすこし急だった。あぶなくないように、という気遣いは感じた、だから礼を言った。でも、とその時、思った。

「お姫さま、ってあんまり嬉しくないいな」

だからそう言った。冗談だということはわかっていて、それでもなお違和感をおぼえた。

宏基は一瞬きょとんとした顔をして、それから小さく溜息をついた。

女の子ってのはむずかしいな。なにかというと「大事にされてない」って怒るし、大事に扱ったら扱ったで、嫌だって言うのかよ、とのことだった。

酔いがすっとさめた。

なにかというと「大事にされてない」と、私は宏基に言ったことはなかったはずだった。大事にされてない、と怒ったのはだから、別の人だ。前妻か、娘か、あるいは他の「女の子」か。

私はそんなこと言ってない。誰が言ったの。と言い返した声は、自分で思っていた以上に尖っていた。

「一般的にって話だろ」

「今べつに一般的な女の子の話なんかしてなかったじゃない」

私が嫌だ、という、私の感覚の話をしていたのだ。だから宏基に「ああ、弓はお姫さまと呼ばれるのは嫌いなんだな」と、ただその事実だけを知ってもらい、今後はお姫さまと呼びかける冗談を控えてくれたらそれでよかったのに、宏基は不機嫌そうに顔を背けて「わかんないな、女の子は」と言っただけだった。

「ねえ、だから、『女の子』じゃなくて、私の話をしてるの。ちゃんと聞いて」

「わかんないよ弓はだって、女の子だろ」

そもそも大事にする、というのは果たしてお姫さまあつかいをする、ということなのだろうかとも思った。普通に対等な人間としてあつかうことじゃないのか、と問いかけた時

には宏基は不快そうに黙りこんでしまっていた。

ねえ、と袖をひいたら、振り払われた。そのことが、私を竦ませた。

「わかったよ。わかったわかった、わかったから」

もうこの話はやめ、と宏基は、むりやり会話を終わらせた。それから一週間近く宏基はむすっとしていた。ごはんできたよとか、お風呂のお湯たまったよとか、そんな私の呼びかけにも無言をつらぬいて、気まずくてたまらなかった。

恋人だった頃と違うのは、喧嘩の後の気まずさだな、とその時知った。結婚する前は気まずい空気になっても、お互い別の家に帰ることができた。ひとりになって冷静になることもできた。でも一緒に住んでいるとそうはいかない。何日もかけて、気まずい空気の修復をおこなわなければならない。

私は悪いことを言ったとは思ってなかったので、そんな私のほうが修復をはかろうとするのはへんだ、と納得がいかなかった。それでも宏基のほうはけっして修復しようとしないので、私がやるしかなかった。すくなくともその時はそう思っていた。これは私の役割なのだろうと。この気まずさに先に耐えられなくなったほうの役割なのだろうとあきらめていた。繰りかえすが、その時は。

13 楓

「え、じゃあこれから毎日そこに通うの？」

あたしが言うと、弓子は振り返った。あ、うん。と頷いて、さっき吹いた風で乱れた髪を耳にかける。散歩に行こうと誘われて、外に出てきた。弓子はほんとうに歩くのが好きらしい。

今日は山のほうに、と言って、弓子はずんずん坂道をのぼっていく。この先に何があるのかと訊ねたら、廃墟になっている病院と神社とあとはお墓らしい、とのことで、絶望的ラインナップだねと呟いた。

「婦人会の手伝いなんて、そんなの断りなよ」

なにそのミガワリサンって、意味わかんない、とあたしが唇を尖らせると、弓子は困ったように「うーん」と下を向いた。

「婦人会のおばあさんがすごくつらそうだったから」

「おばあさんはおばあさん、あんたはあんた！」

あんた今旅行中なのよ、ここに永住するっていうんならそりゃあそういうのもわかるけどさあ、とあたしは言いながら、ふいに口を噤んだ。あたしはそのあいだなにすりゃいいのよ、と続けようとした自分に気づいたからだ。

それはないわ、それはない。ひとりでなにもできない女を、あたしは昔から軽蔑してきた。連れがいないと飲食店に入れないとか、小学校の時に友だちと一緒にトイレに行く決まりになっていたとか、そんな話を聞くたびに呆れていた。そう、あたしたちはたしかに今一緒に旅行には来ているけど、別にべったり一緒に過ごすためじゃない。観光地によくあるネーム入りのキーホルダーをおそろいで買うつもりもないし、弓子のつくった料理をいちいち撮影して「友人に感謝☆」とSNSに投稿したりもしない。そんなんじゃないんだ、あたしと弓子は、とそこまで頭の中で考えをまとめてから「……まあ、いいわ」とそっぽを向いた。

「もうすぐ神社が見えてくる、はず」

大きくカーブした坂道にさしかかった時、軽トラックが一台のぼってきて、あたしたちを追い越していった。坂道はだんだん傾斜がきつくなっているようで、一歩踏み出すたび太腿にぴきんと痛みが走る。自分の吐く荒い息のせいで出掛けに巻いてきたマフラーの中

に熱がこもり、あたしはマフラーをほどいた。

「毎日ここ歩いてたら、足腰が鍛えられそうだね」

いつものようにさらさらした口調で言い放つ弓子にむかって、無言で頷いた。息が切れているのがばれる、と思ったからだ。あたしだけこんなにダメージを受けてるなんて、なんだかくやしいではないか、などと、へんな対抗意識を燃やしている。

弓子が言った通り、鳥居が見えてきた。石でできた鳥居はくすんだ色をしていて、なかば落ち葉に埋もれかかっている。そこから石段が続いているが、あちこち割れていて、いかにもあぶなそうだった。

「ここ行くの、怖いんだけど」

「なんで？　お参りしていこうよ」

逆に祟られそうな感じするんだけど、と言いながら、ひょいひょいと壊れそうな石段をのぼる弓子についていく。弓子が「お参り」するあいだ道路で待つのはそれはそれで怖かった。山の木々は鬱蒼としており、時々よくわからない鳥が鳴く。

石段をのぼりおえると小さな祠があって、でも、ただそれだけだった。手水舎には蜘蛛の巣がはっていて、ここが普段、誰も立ち入らない場所であることはあきらかだ。祠の脇に五十センチほどの石像があるのだが、首がないのが不気味だった。

「台風かなんかで壊れたんだよ、きっと」

首のない石像は苔むしていてよくわからないが、女のような身体つきをしている。

弓子が公民館で聞いた話によると、昔、この島では不漁とか不作とかそういう悪いことが続くと、そのたびにミガワリサンという人形を燃やしてお祓いをしていたらしい。今では年に一度の行事らしいのだが、それを聞いてあたしはぴんときた。

「わかった。それ昔はきっと、人形じゃなくて人間でやってたんだよ」

生贄ってやつ、とあたしは身震いをする。

「ああ、昔話でそういうのあるもんね」

弓子は動じる気配がない。

かつて結婚するつもりだった男が都市伝説とか怪談が大好物で、あたしもよくそういう話を聞かされた。その時はふーん、不気味な話だな、という程度の感想しかなかったが、山の中の神社で思い出すと文字通り背筋が寒くなった。

「降りようよ」

あー、うんうん、ちょっと待って、と弓子は賽銭箱に小銭を投じた後、頭を二度下げ、かしわ手を打ってまた頭を下げた。こんな誰もいない場所でいちいち参拝のルールを発動させるなと思う。

「はやく行こう」

楓さんけっこう怖がりなんだね、という言葉を背中に受けながら、石段を降りる。弓子は、もし昔そうだったとしても今は人形なんだし、別にいいんじゃないの、まあ不気味は不気味だと私も最初聞いた時は思ったけど、ミガワリサンの風習が不気味なんじゃなくて、たぶん人間ってそもそも不気味な生き物なんだよきっと、などとのんきに喋っている。

昔その男から聞いた地方の生贄にまつわる話の中でいちばん印象的だったのは「生贄を捧げるっていうのは建前で、要するに厄介払いだったんじゃないかなと俺は思うんだよね」というところだった。村社会だからさ、はみ出し者とか嫌われ者を始末するためだったと俺は思うんだよね。たぶんなにかに書いてあったことの受け売りだったのだろうが、その時なんとなく「あたしもその時代に生まれていたら厄介払いされていたのかもな」とうっすら思っていたことが、今になって妙な現実感を伴ってよみがえってきた。いやなとこに来ちゃったな、とちょっと思った。

「あっ」

背後で弓子が小さく悲鳴を上げたので、あたしはぎょっとして振り返る。

「どうしたの？」

「……ごめん、なんでもない」

あ、そう？　あたしは首を傾げつつ、ようやく石段をくだり終えた。

しばらく歩いていて、気がついた。弓子が左手を右手で庇いながら歩いている。

「どうしたの」

もう一度問うと、弓子は「いや別にたいしたことじゃないから」と口ごもりつつ、石段の途中で脇から突き出ていた木の枝で切ったのだ、と手の甲を見せた。血が滲んでいる。

あたしはコートのポケットから取り出したティッシュを一枚引き抜いて渡す。

「……なんですぐ言わないのよ」

「たいした傷じゃないし、それに楓さん、はやく帰りたそうだったから」

帰って絆創膏貼れば済むことだし、別に、今言わなくてもいいかって、と弓子は困った顔で肩をすくめる。

弓子ってそういうとこあるよね、と言いながら、あたしはなんでこんなに腹を立てているんだろうと思った。たいしたことじゃなくったって、言えばいいではないか。

あんたのそのなんていうか、ぜんぶ自分の中で完結しちゃうとこ、そういうの、なんか、損すると思うよ！　と声を荒らげながら、何枚もティッシュを引き抜いた。弓子はやっぱり困った顔のまま「……こんなにいらないよ」とあたしに押しつけられたティッシュに視線を落としている。

14　弓

公民館に行った後に島を歩くのが私の日課のようになりつつある。今日はフェリー乗り場のほうに行ってみた。

フェリーよりはずっと小さな船の周りに、人がいた。煙草を吸ったり、コンテナを積みこんだりしている。コートのポケットに両手を突っこんだまま、それを眺めた。

陽に灼けた男たちが、なにごとかを言い合って、笑う。リヤカーをひいたおばあさんがそこを通りかかって、なにやら言葉を交わした。内容まではわからない。リヤカーには野菜らしきものが入った段ボールが積まれている。市場みたいなところに行くんだろうか、とぼんやり思う。時間的に、その帰りか。あるいは、直接売るのだろうか。

『きっぷ売場』と書かれた窓口に紺色の上っ張りを着た女の人が座っている。暇そうに見えたので、近づいていった。

宏基の写真を見せて、最近この人を見かけませんでしたか、と訊ねてみる。女の人はお

そらく五十代ぐらいのふくよかな人だったが、写真を丹念に眺めたあと、ごめんなさいわかりません、と自分の頬に手を当てた。

「いいんです、すみません」

その場を離れてからも、窓口の女の人の視線が私を追っている気がした。振り返ると、やはり目が合う。私が頭を下げると、その人も会釈をする。

フェリーを待つ人のためのベンチに腰を下ろして、もう何度も眺めた写真を、また見た。これを撮影した結婚披露宴には、私も出席していた。隣り合った席にいた。六人掛けのテーブルの他の招待客も夫婦共通の知人友人ばかりで、おおいに盛り上がっていた。宏基はすこし飲み過ぎて、家に帰るなりどさりとベッドに倒れこんだ。

「スーツが皺になるでしょ」

ネックレスを外しながら、あの時私はそう窘（たしな）めた。冷えたベンチと自分の尻のあいだに手袋をはめた片手を差しこみながら思い出す。光恵さんから「ふたつ持ってるから」という理由で譲り受けた真珠のネックレスはずしりと重たくて、肩がこった。披露宴の中盤から外すことばかり考えていた。

「どうせクリーニングに出すんだから、いいだろ」

宏基は片肘をついて、私を見ていた。

「楽しそうだったね」

スーツの皺の件は特にそこまで気にしていたわけではなく、なんとなく言ってみただけだったから私は、笑顔がひかり輝くようだったその日の新郎新婦へと話題を変えた。幸せそう、と表現するべきだったのかもしれないが、両親へ花束を渡す際も友人のスピーチを聞いても感動の涙を流すでもなく、ひたすらにこにこしていたふたりはやっぱり「楽しそう」に見えたから。

ああ、そうだな。宏基はあっさり頷き、ひとりでワンピースの背中のファスナーをおろそうとしている私を見ていた。ファスナーはどこかでひっかかっているようでなかなかうまくおろせなかった。じたばたしている私に、宏基が「うらやましかったの？」と訊ねた。

「ええ？　なにが？」

「結婚披露宴」

「……ええ？　あー。べつに」

私はファスナーがおりないことに苛立ちはじめていて、もしかしたらぞんざいな返事をしたかもしれなかった。宏基がその時、大きく溜息をついたから。

なんでこんなことを唐突に思い出したのだろう。

コートのポケットごしに写真に触れていると、隣に誰かが座った。あの、と声をかけら

れる。さっき窓口にいた女の人だった。

「今ちょうど交替の時間で」と窓口の女の人は指さす。きっぷ売場の窓口に、今度は中年男性がつまらなそうな顔で座っていた。ああ、そうですか、と私は頷く。どうやら自分で思っているより長い時間、私はベンチに座っていたらしかった。

「……さっきの写真の人って、あの」

ためらいがちに窓口の人が切り出す。夫です、と私は答える。

「急にいなくなって」

ああ、と窓口の人は深く頷く。それから、いなくなったのはいつですか、ずっと捜してるんですか、と質問を重ねた。いなくなったのは一年近く前だが、その後ずっと捜しまわっていたわけではなくて、この島で見かけたという情報を得てやってきたのであり、ちなみにここが夫の出身地である旨を答えると窓口の人は若干へんな顔をしたものの、すぐに「ああ、そうですか」と何度も頷いた。自分はこの島に来て数年なのでよくわからないが、もうすこし地元の人が集まるような場所に行ってみてはどうかというアドバイスもくれた。

ええ、まあ、と返事を濁す。既にやっているのだが埒が明かないという説明をはじめると話が長くなる。

「実はわたしも逃げたくちで……結婚してたんですけど」

パートに出た先で、そこで親しくなった人と駆け落ちしたんです、相手も既婚者でしたが、という窓口の人の突然の告白に、私は正直当惑している。「この島に来て数年」なのは、どうもそういう理由らしい。

「駆け落ち」

何と答えてよいかわからず、ただ復唱することしかできなかった。

「これが最後の恋だと思って」

「最後の恋」

窓口の人が選択する語句はいちいち無駄にドラマティックだった。あなたのご主人もきっと、などと言いながら私を見る。私を見ているがその実、なにかここにはない別のものを見ているような、そういう表情をしていた。「陶酔」の二文字で説明可能な表情とも言える。

私にそれを告白してきた理由がわからない、と思いながらその話を聞いた。もしかしたら、詰（なじ）られたり責められたりしたいのかもしれなかった。自分が置いてきた配偶者、あるいは「最後の恋」の相手の配偶者に近い立場にあるらしい女に「最低ですね」と責められることで、ちょっとした罰を受けて楽になろうとしている、という感じかもしれない。

だとしたら、と私は立ち上がる。

「そうですか。いろいろな人生があるんですね」

ちょっとした罰を受けて楽になりたい気持ちはわかるけれども、私はその片棒をかつぐ気はない。一度も振り返らないまま、フェリー乗り場をあとにする。

15　楓

枕の下に挿し入れていた手を、尚太が踏んだ。あたしは顔をしかめて、いったーい、と言ってやる。尚太はあたしの顔をごめーん、とのぞきこむ。

「朝なのになんでまだ起きないの？」

子どもの声は甲高い。ふつか酔いの頭にキンキンと響く。

「起きたくないからよ」

答えて、寝返りを打った。ここに来てから一週間が過ぎた。シズなる女はこっちの家の鍵を使って、自由に出入りするようになった。今日は土曜日で漁協の仕事が休みであるため朝からここにいる。

「ねえ、ちょっといいかげん起きたらどうですか？」

もう十時過ぎとるんですよ、というシズの尖った声がした。あたしの返事を待たずに、掃除機のスイッチをいれる。

「起きてー、おーきてー」

嫌がらせみたいに、あたしの頭の近くの畳に執拗に掃除機をかけ続ける。シュボッという音がして、シズが不快そうに「ああっ」と叫んだ。掃除機のスイッチを切る。

「こういうの、畳に置きっぱなしにするのやめてください」

あたしが昨日食べた飴の包み紙だった。捨てるつもりでそこに置いてたの、と言い訳すると「捨てるつもりの時にすぐゴミ箱に入れなさいよッ」と金切り声を上げた。

「だらしない。男みたいなことしないでもらえますか。子どもが真似するんで」

世のきれい好き男性が激怒しそうなことをシズは言った。自分の身近にいた男、かつて自分が結婚していた男のことを言ったのだろうが。この人はいつも自分の夫がなにかだらしないことをするたびに、こういうふうに怒っていたのだろうか。

「朝も、もっとはやく起きたらいいと思いますよ。尚太の教育に良くないんで」

「なんであんたの子どもの教育にあたしが協力しなきゃいけないのよ」

そんなにあたしが気に入らないなら来なきゃいいのに、と吐き捨てたが、そういえばこの家の所有者はシズだった。

スマートフォンをいじっていた弓子が、ちらりとこっちを見た。シズは今度は弓子と簞笥のあいだに掃除機をかけはじめ、肩越しに弓子のスマートフォンの画面を覗きこむ。

「誰ですかその人」

ああ、あれか。と布団の中で寝返りを打ちながら思う。弓子の好きな、なんとかという俳優。藤井一真という人、俳優の人、と弓子が説明している。そうだ、そういう名前だった。

「へえ。……若いですね」

わっかいですね、というような発音だった。「若い」は藤井一真ではなく、弓子に向けられたものらしい。

「芸能人に夢中になるとかそういうの、若いうちだけだと思ってました」

ああーでも、演歌歌手のおっかけするおばさんとかもいますもんね、疑似恋愛的なねー？　とシズは声を張り上げる。掃除機の音に紛れないように喋ろうとするので、そうなるらしい。

「疑似恋愛とか、そういうんじゃなくて」

うんざりしているような表情で、スマートフォンを置く。

「星みたいなものなんですよね」

毎日いろんなしんどいことがあって、時々もう全部嫌だと思うような時もあって、でも再来月になれば、藤井一真が出演する映画が公開されるから、それまでがんばって生きて

いようと思うのだ、というようなことを弓子が言って、あたしは「そうだったのか」と驚く。弓子にも「全部嫌」だと思うような時があるということに。なんというか、もっと恬淡とした女だと思っていた。

「ま、でもファンはファンなんでしょ？」

シズにはいまいち弓子の言っていることが伝わっていないらしく、首を左右に振りながら掃除を再開した。弓子は伝えることをあきらめたらしく「……玄関の掃除してくる」と立ち上がる。

布団を抜け出して、洗面所に向かった。顔を洗い、服を着替えて、テーブルに置いた鏡を見ながら念入りに化粧をする。化粧道具のあれこれが珍しいらしく、尚太はあたしの隣にちょこんと座って、これは何？　それは？　と訊ねてくる。マスカラだよ、睫毛を長く見せるの、おめめがぱっちりだと女の人はきれいに見えるんだよ、と教えてやる。

よく「楓さん子ども嫌いでしょう」と決めつけられることがある。むしろ「子ども」とひとくくりにする人たちが嫌いだ。たとえばあたしは男が好きだけど、男ならみんな好きなわけじゃない。子どもだって同じだ。好ましくない子どももいるし、かわいい子もいる。子どもだってひとりの人間だ。ひとくくりにしない、と思う程度には、あたしは個人を尊重する。

「これは？」

アイブロウペンシルをつまんで、尚太があたしを見上げる。

「眉を描くのよ」

こうやってね、と鏡を見せながら、尚太の薄い眉をペンシルでなぞってやる。どうする？　ケンシロウみたいに太眉にする？　いや『北斗の拳』なんか知らないか、知るわけないよねー、と言いながら眉を濃く太く描いてあげたら尚太はキャッキャと声を上げて笑った。あらー、いいじゃないですかおにいさーん、と囃したてたら、膝によじ登ってきた。子どもの頭はひなたくさい匂いがする。うーん、なんともいえぬこの香り、と頭の匂いを嗅いでいると、台所にいたシズが近づいてきて「やめて！」と絶叫した。

「やめてよ！　男の子に化粧なんて！」

離れなさい、と尚太の腕を掴んで、あたしの膝から引きずり下ろした。尚太は怯えた顔で、母親を見上げている。

「男だって、化粧する人いるよ？」

「普通はしないッ」

「普通、普通、ってなんなの？」

考えたらわかるでしょ、と叫んで、シズは尚太を洗面所に引きずっていった。痛い、マ

マ痛い、と泣いているから、たぶんごしごし顔を拭かれているのだろう。

あたしの普通と、あんたの普通は、たぶん全然違ってるよ。

あーあ、と思いながら、化粧の途中でコートを着込んで家を出た。どこ行くの、と玄関を掃いていた弓子が問う。ぶらぶらしてくる、と言い捨てて、歩き出す。

弓子も弓子だ。へんな女が子ども連れでずかずか侵入してきて、それなのに何にも言わないなんて。

先に帰ろうかな、とまで思う。あたしはもうこの小さな田舎町に飽きはじめている。不便だし、テレビもなんだかうつりが悪いし、だいいち静か過ぎて落ちつかない。弓子はお人好しなので、ミガワリサンづくりとかいう雑用を押しつけられて毎日出かけていくし。

海を横目に、ずんずん歩いた。弓子は、歩くと落ちつくと言っていたけどあたしはちっともそんなふうに感じられない。ただただ足が疲れる。行くところがなくて、結局フェリー乗り場まで歩いてきてしまった。

たいして広くもない市場を、うろうろと見てまわる。銀色に光る魚が、氷をしいた台の上にいくつも並べられていた。買って帰ったら、弓子がお刺身にしてくれるかな、と思いながら見る。でもまたシズに「小さな子どもに生の魚なんて！」などと文句を言われたら嫌だなとも思う。そもそも生の魚は何歳から食べてよいものなのだろうか。そういうこと

はあたしにはわからない。

隣に男が立った。ずいぶん背が高い。作業着みたいなズボンと上着を身につけている。

「ここの魚は」

隣で発せられたその言葉が、自分に向けられたものだと最初わからなかった。だから黙っていたのだが、どうやら男はあたしに向かって喋っているらしい。他に誰もいない。

「観光客向けだから、高いんだよ」

新しくもないし、という男は、ずいぶん日焼けしている。見栄えのために焼いたのではない、屋外労働に従事する者特有のしっかりとした肌の色だった。見上げると、視線があった。男がふっと目を細めた。といってももとから細い目だから、もうほとんど線のように見える。あたしと同じかもうすこし上、ぐらいの年齢だと思われる。

「漁協の近くに、もっと安く買えるところがある。教えてやろうか」

うん、と頷いて、あたしは微笑む。化粧の途中で出てきたのは失敗だったかな、とちらりと思った。

16　弓

公民館に通い出して、一週間が過ぎた。ミガワリサンづくりは自分で言うのもなんだが私の奮闘により、無事ノルマを達成した。

「あんた、よそから来た人なのに、ようがんばってくれたね。ありがとうね」

できあがったミガワリサンを一体ずつビニール袋にいれ、段ボールにつめていると、ねぎらいの言葉をかけられる。最初に来た日に隣に座っていたこの女性はマキコさんといい、この一週間のあいだに二度ほど自分の畑でつくったという野菜をくれたありがたい人だった。

どうもインフルエンザがはやっているらしく、今日はいつもの半数しか公民館に人が集まっていなかった。

「でも、へんですよね。婦人会の人だけでつくるって決まりなんて」

島に住んでる人、性別問わずみんなでつくったら、はやく終わるんじゃないかな、と呟

くと、マキコさんは苦笑いして「……男の人には、仕事があるから」と言う。

漁師の夫を持つマキコさんは畑仕事をひとりで引き受けているというし、婦人会の他の女の人だってお勤めをしていると聞く。お勤めがなくても、家事労働がある。それを言うと、マキコさんは眉尻を下げる。長テーブルのむこう端にいた数名が作業の手をとめて、なにやら非難がましい目でこちらを見ていた。

「でもほら、針仕事だし、男の人はそういうの苦手でしょう」

そうだろうか、それはただのイメージではないのか、と私は思う。私には裁縫がそこまで性別に左右される作業だとはとても思えないのですが、と言おうとしたが、この場でマキコさんにそれを伝えてもたぶんマキコさんを困らせるだけなのでやめた。

作業を終えて、おごりだという缶コーヒーを飲み、帰り支度をしているとマキコさんがふたたび、私の隣に来た。このあと時間ある？　とひどく小声で言う。ええ、と頷いた。ちょっと話をしましょ、と言いながら、マキコさんは自分が乗ってきたという軽トラックと公民館の外壁のあいだに私を引っぱっていく。そして、あんた宏基くんの奥さんなんでしょう、と耳打ちした。

「……そうですけど」

マキコさんは、弟と同級生だったので宏基のことはよく覚えている、と言った。

「むこうで行方をくらましたというのは、ほんとなんかね？　あんたやお母さんに行方も告げずに……」

「はい」

マキコさんは頬に手を当ててなにかを考えていたようだったが、やがて意を決したように顔を上げた。あの、とマキコさんが言いかけた時「あれー？」という甲高い声が聞こえた。

軽トラックのむこうに、シズさんが立っていた。こちらにまわりこんでくる。尚太くんもいた。

「買い物行くんです。弓子さんも行くでしょ？」

「いや私は別に、行かなくてもいいですけど」

「なんで、卵もパンももう切れとるでしょ。冷蔵庫の中、見ましたよ」

ほら、行きますよ。シズさんは、私の腕を摑む。

「私ちょっと、マキコさんとお話があるので」

「なんの話があるんですかッ」

とつぜん、シズさんが金切り声を上げる。私はぎょっとして「え、どうしたんですか」と問うたが、マキコさんが「いいの、たいした話じゃないし、ミガワリサンにはぜひ参加

してねって言いたかっただけなんよ、だから買い物行って、行って、ほら！　はよ行きなさい！」と顔をひきつらせて私を押し出すようにするので、そのままシズさんに引きずられていくはめになった。

スーパーに到着して、シズさんはトマトを選びながらむっつりと、マキコさんと仲良うなったんですか、と訊ねる。

「いや、別に、仲良くとかそういうわけではないですけど」

私は慎重に答える。どうもこのシズさんという人は扱いにくい。いきなり不機嫌になったり金切り声を上げたり、こちらのペースを乱される。

「言っとくけどあの人けっこう、問題ありですよ」

一時期あの、なんていうんですか、心の病みたいになって病院に通ったり、薬飲んどったりした時期もあったんですよ、とシズさんはまるでそれが非難すべきことがらのように言う。

「心の病になったら通院したり服薬したりするのはすこぶるまっとうな行為だと思うんですけど、なにが問題なんですか。病気になったのにほっとくほうがへんじゃないですか」

そういう人やっていうことですよ、考えたら普通わかるでしょう、とシズさんは舌打ちする。この人がよく言う「普通」とはいったいなんなんだろう。

「普通じゃない人と一緒におったら、弓子さんも普通じゃないように見えちゃうんですからねっ」

シズさんと会話することの面倒さに溜息をつきそうになって、周囲を見まわすことで自分の気持ちを鎮めた。けっこう大きなスーパーマーケットだな、とあらためて思う。うっかり迷子になりそうだ。ひとつの店舗に薬局やクリーニング店も入っていて、どうもこの島の人はすべての買い物（それも数日分）をここで済ませているようだ。どの人もカートの上下にカゴをセットしている。

「私、別に他人から『普通じゃない』って目で見られたって、構わないですけど」

シズさんはあきらかに聞こえないふりをしている。

お菓子売り場の前を通った時、尚太くんが「あっ」というような声を発し、おまけつきのお菓子を見はじめた。どれかひとつだけなら買ってもいいよ、とシズさんに言われ、真剣な顔で選びはじめる。

おもちゃつきというか、おもちゃがメインで申し訳程度にラムネだかガムだかがついている商品を、手に取っては戻し、を繰り返しはじめた。しゃがんだり、立ったり、忙しい。手持ち無沙汰な私はぐしゃぐしゃにひっかきまわされている棚のチョコレートをきれいに整頓してみたりしたが、まだお菓子選びは終わる気配がない。いつものことらしくシズさ

んはカートに腕をかけて携帯電話をいじったりしていたが、ふいにそわそわしはじめた。

「ね、ちょっとトイレ、行ってきていいですか？」

突然のはげしい尿意に襲われたらしいシズさんは、カートを私のほうに押しやるようにして言う。

はい、わかりました。そう答えて、しばらく尚太くんを見ていた。もう五歳だというが、産毛の光る頰のまるみが、赤ちゃんのようだ。ふいに顔を上げて、私の顔をじっと見る。シズさんたちと会って一週間経つが、私はいまだに尚太くんと直接会話をしたことがない。どういうふうに話しかければよいのかわからないし、尚太くんのほうからもこちらに話しかけてこない。楓さんにはよく話しかけているのだが。

やはり子どもに不慣れな感じが私の全身から漏れ出ていて、警戒されているのだろうか。尚太くんが「ママは？」と言った。

「ママは、トイレ」

ここで待ってようね、となだめるように言ってみたが、尚太くんは「僕さがしに行く」と駆け出してしまった。

「待ってたら、ちゃんと戻ってくるよ」

尚太くん、とあわてて後を追ったが、五歳児は存外足が速い。通路をかけまわり、必死

に追いかけ、何度も人にぶつかりそうになる。尚太くん、と呼ぶ。角を曲がったところで、見失った。どうしよう。その場に立ち尽くす。見失ってしまった。まさか外に出てないよね、と思って血の気がひいた。出口に向かって走る。足がもつれてなかなか前に進めない。

「尚太くん！」

駐車場の、車の間をすり抜けて、何度も名を呼ぶ。車の前に飛び出して、クラクションを鳴らされる。尚太くん。叫んでいるうちに、涙が出てくる。どうしよう。視界の隅でなにか小さなものが動いた気がして、あわててそちらに身体を向ける。違う。あの子じゃない。

どこにもいない。店の中にまた走って戻る。息が切れる。外には出ていなかったのかもしれない。どうしよう。尚太くんがいない。シズさんに知らせなきゃ。野菜売り場を通り過ぎたところで「弓子さん！」と呼ばれた。

シズさんが立っている、その足に摑まるようにして立っている尚太くんの姿をみとめて、全身の力が抜けた。その場にへたりこむ。スーパーマーケットの店員さんがひとりで外に出ようとしている尚太くんを制止して、もといたお菓子売り場に連れ戻してくれたところでシズさんが戻ってきたらしい。

「良かった……」

「良くないです。なんで目離したんですか?」

ごめんなさい。ぜいぜいとあらい呼吸を繰り返しながら何度も謝る。

「トイレに連れていけばよかった」

シズさんが顔を背ける。

「弓子さんに頼んだのが間違いだった。子どものいない人ってほんとにこういうの、だめなんですね。ようわかりました」

ごめんなさい、ともう一度言う。シズさんはもう、こちらを見ようともしない。

帰りの車の中で、シズさんはずっと無言だった。何度か尚太くんが「ねー、ママ」と話しかけたが、それにすら返答しなかった。

じゃあ、と言って、大きい、自分たちの家のほうに入っていく。私も家の中に入ったが、スーパーの袋から買った野菜や肉を取り出す気力もなく、ただじっとしていた。

テーブルに置いた携帯電話が振動した。はっとして見ると、光恵さんの名が表示されていた。

「光恵さん」

どうしたの、元気がないわね。光恵さんが言うのを遠くに聞く。咳払い(せきばら)をして、なんでもないです、と答えた。

電話の内容はこの島の南端に海水浴客向けのホテルを経営している家がある。宏基の中学の同級生の家なのだという。光恵さんの（シズさん曰く耄碌しているという）友人が今度はそこで見かけたという話だった。今はシーズンオフで閉まっているが、そこを訪ねてみてはどうかとのことだった。

「ああ、そうですか」

ちょっと待ってください、と言いながらホテルの名を記すための適当な紙をさがす。戸棚のガラス戸の奥にメモ帳らしきものが見えたので、開けた。

「ええと……」

メモ帳の表紙をめくって、私は指の動きを止める。胴長ウサギが、メモ帳の一枚目に描かれていた。

17 弓

墓石をスポンジでこする。うっすらと付着した緑色の苔が存外しぶとい。お墓は、家の裏手の山をすこしのぼったところにあった。枯葉が積もり、水鉢にはどろりと黒い水が溜まっていた。蜘蛛の巣を取り払い、かつて花だったらしい棒状のなにかを取り払い、墓石を雑巾で拭き上げるという一連の作業をおこなうあいだ、楓さんはなにやら物憂そうに、お墓のまわりの柵に腰かけていた。

ちょっとぐらい手伝ってよ、とゴミ袋を手渡す。ちりとりに集めた枯葉をここに入れてくれと頼むと、緩慢な動作でゴミ袋を広げはじめた。

シズさんは尚太くんの件でものすごく怒っているらしく、昨日も今日もこちらには来ていない。宏基のことを訊きたくて行ってみたけれども留守のようだった。そういえば私は、シズさんの電話番号を知らない。

落書きがあったということは、つい最近宏基があの家に滞在していたということで間違

いないはずなのだが、なぜシズさんは私にそのことをかたくなに隠すのだろうか。宏基に口止めされているのだろうか。

そして、マキコさんは、あの時なにを言おうとしたんだろう。

あーやっとふたりになれた、と楓さんは言っていたけど、でも頭の中では別のことを考えているように見えた。というかここ最近ずっと、そんなふうに見える。

水仕事で冷えてしまった手を擦り合わせて、息を吹きかける。風が吹いて、木々がざわめいた。冬の山は、さびしい。枯葉を踏む音も、木々の痩せた様子も全部、さびしい。

楓さんの携帯電話が鳴った。ゴミ袋を足元に放って、携帯電話を耳にあてる。もしもし？　華やいだ声を出す。

「昼から？……うん、だいじょうぶよ」

牡蠣？　うん、好き、大好き、と話している楓さんの横顔を見ながら、じわじわと嫌な予感に満たされる。いったい誰と話しているのか？

「今の、誰？」

電話を切った楓さんに問う。楓さんは「……ちょっと、仲良くなった人」と目を伏せた。

「仲良くなったっていつ？　どこで？」

「このあいだ。市場みたいなとこで」

漁師さんだって、と言うからには、やっぱり男の人なのだろう。

「……だいじょうぶなの？」

つまさきで軽く地面を蹴った。ざしゅっと乾いた音がする。

「ちょっと前に『センサーが壊れた』って言ってたのに」

「そういうんじゃないって……ちょっとごはん食べてくるだけよ」

わかった、じゃあ一緒に行く？　楓さんは胸の前で両手を合わせながら明るい声を出す。

「そういうことを言ってるんじゃない！」

大声を出してしまった。山の中で、思った以上に声が響いた。楓さんが肩をすくめる。

「なに怒ってんの？」

「怒ってるんじゃない、心配してるの」

ちょっと前にあんなことがあったばっかりなのに、と言うと、楓さんはみるみるうちに表情を曇らせた。

「……せっかく忘れかけてたのに、思い出させないでよ」

「忘れないでよ。忘れちゃだめでしょ」

あたしは忘れたいの、と今度は楓さんが大声を出した。過ぎたことはどんどん忘れていきたいの。全部抱えてたら、重さでつぶれちゃうもん、だから忘れるの。

「なんなのそれ」

もういい、勝手にすれば、と吐き捨てると、わかった勝手にする、と楓さんは山をおりていった。その背中を見送りながら、もっとましな言いかたがあったんじゃないだろうか、と考えたが具体的には思い浮かばなかった。

お線香をあげて、両手を合わせて目を閉じた。弓子さんに頼んだのが間違いだった。また耳の奥でシズさんの声がする。お墓の下の人たちも、こんな心の中がぐちゃぐちゃに混乱している人に「やすらかにお眠りください」などとお参りされても困惑するだろうなと思った。

歩け、という声がふいに頭の中で響く。歩け、歩け。掃除用具を片づけて山をおりた。家には戻らずに、堤防に沿って歩きはじめる。冬の海は灰色だ。空も灰色だ。どこまでも同じような色が続く世界を、私はひたすら、歩き続ける。

歩いて歩いて二十分後にようやくぽつんと設置されている自動販売機を見つけたので、あたたかいお茶を買った。今日は車がぜんぜん走っていない。この世の果てみたいだな、とぼんやり思う。お茶はすぐには飲まずにポケットに入れて手を温めながらまた歩く。この世の果てにも自動販売機のなかみを補充しに来てくれる人がいることを、なにかしらの奇跡のように感じる。

忘れちゃだめでしょ、と今さっき、自分が楓さんに言ったことを、思い出す。忘れちゃだめなことは、私にもある。忘れないようにしているけれども、不用意に触れないように心の隅のほうに押しこんでいた。

三十八歳のおわりに、はじめて妊娠した。

自分は子どもができにくい体質なのかもしれないと、ちゃんと調べたわけではないが結婚当初から思っていたし、それでも宏基が自然に任せよう、というからそうしていた。もう無理なのだろうなあ、と思っていた頃に、唐突に妊娠がわかった。結婚して何年も経ってからこんなふうにできることもあるんですねと感想を漏らした私に、産婦人科の医師は高齢出産になりますので、と釘を刺した。くれぐれも気をつけて、と。

妊娠の事実を告げた時、宏基はとても喜んでいた、ように見えた。今となっては本心はわからない。妊娠八週目に産婦人科を受診した時に、医師から「胎児の心拍が確認できない」と告げられた。あと一週間待ちましょう、と言われて翌週ふたたび受診したが、おなじだった。稽留流産。はじめて聞く言葉だった。

胎児の染色体異常が原因なので、お母さんには責任はありません、気を落とさないように、と過剰に同情をにじませることのない態度で医師は言い、その「お母さん」が自分を指していると一瞬遅れて理解するほどに、妊娠の実感はなかった。

ぼんやりと、そうですか、と答えたと思う。産婦人科から電車に乗って帰るあいだも、家に帰りついてからも、終始頭がぼんやりしていた。夕方帰宅した宏基に、その話をした時も。宏基は「安静にしとかないと」とだけ言い、私をベッドに寝かせた。

夜中に目覚めてトイレに行ったら、下着にべっとりと黒い血がついていて、ようやく、いなくなったのだ、と自覚した。いなくなったのだ、私と宏基の赤ちゃんは。

寝室に戻って、宏基の枕元に座った。寝返りを打って、どうした、と言った宏基に、私の赤ちゃん、と答えになっていないことを呟いた声が掠れた。

宏基がなにか言おうとした時、電話が鳴った。娘からだと、出る前にわかった。私も、宏基も。あんのじょう電話を切ってすぐに「俺、ちょっと行ってくる。ごめんな」と目を伏せた。行かないで、という声がどうしても出なかった。引き留めてむりやり隣にいてもらったところで、宏基が私でなく娘を優先しようとした事実はかわらない。

ひとり残されて、それでも、私は泣かなかった。泣かずにその翌週、家を出た。

子どもの頃からほとんど泣いたことがない。母が死んだ時も。流産したとわかった時も。黒い血を見た後にも。いつでも、宏基の前でもひとりの時でも、ずっと。今この瞬間にも、私は涙を流していない。泣かないことが強さだと思っていた。むやみに感情をあらわにしないことが大人のあかしだと思っていた。けれどもぜんぶ、役に立たなかった。私のやせ

我慢は、誰も幸せにしなかった。自分自身さえも。

家を出た直後、宏基は「戻ってきてくれ」と私に言った。私はそれを拒んだ。もう宏基の負の感情のゴミ箱になるのは嫌だと。ゴミ箱だなんて、と宏基は言葉を失っていたようだった。私がゴミ箱の役目を放棄したから、だから宏基は「抱えこみ過ぎた」？

どんどん歩く。堤防からコンクリートの階段がおりていて、岩場におりられるようになっていた。そうっとおりていく。光恵さんが以前「うんざりするぐらいいる」と話していた小さな蟹だとか、ふなむしだとかは冬眠しているのか、姿がまったく見えなかった。

平らな岩を選んで、片足をのせてみる。ぐらつきがなかったので、もう片足ものせる。岩から岩へうつって、すこしぬるくなったお茶を飲んだ。雨が降り出しそうだと思いながら空を見上げた瞬間に頬をつめたい雫が打った。

家に戻ろう、と身体の向きを変えた瞬間、バランスを崩した。派手に転ぶ。岩で、したたかに右半身を打った。とっさに身を庇おうとして、かえってへんな転びかたをしてしまったようだ。

足首を強くひねってしまったらしい。仰向けに倒れて、おそるおそる目を開く。空から大きな雫がいくつも落ちてきた。

足首があまりに痛むので、見るのが怖かった。曲がってはいけない方向に曲がっていた

らどうしよう、とおそるおそる視線を向ける。見たところ、そういったことはなかった。はやく道路に戻らなければと思うが、身体が動かない。どうした私、どうした、と焦りながら、いっぽうでもう一歩も動きたくない、と思っている自分がいる。

宏基、という呟きが喉の奥から漏れて、自嘲気味に笑った。この状況で出てくるのが、宏基の名だということに驚き、笑ってしまったのだった。遠く離れた場所にいる、かつて私が拒んだ夫の名を、つめたい岩の上で、また呼ぶ。

18 楓

雨が降ってきた。車のワイパーに触れながら、男が言う。男の名は中沢(なかざわ)という。今度はちゃんと、覚えた。

知り合いから牡蠣をもらったから食べさせようと思って、と連れていかれた中沢の家には、老いた母親がいた。もうすでにあたしを連れてくることは話していたらしく、庭につくられたバーベキューコンロで牡蠣を焼いて待っていて、あたしを見るなり「すごいべっぴんさんを連れてきたねえ」と笑った。

中沢は奥さんと死別している。換気のためか引き戸を開け放した縁側のそのまた奥の障子も開け放たれていて、和室の仏壇が見えた。その脇に置かれた、遺影も。顔の造作まではよくわからなかったが、きれいな人のようだった。

あの日市場で声をかけてきた時、魚が安く買えるところなんてただの口実だと思っていたが、中沢はほんとうにその漁協の近くのお店に連れていってくれた。結局なにも買わな

かったけど、その後お茶を飲んだ。喫茶店なんてこのあたりにはない、と言われたから、中学生みたいにフェリー乗り場にあったベンチに座って、自動販売機のお茶を飲んだのだった。中沢はあまり口数の多いほうじゃなかった。だけど黙って座っていてもぜんぜん、気まずくなかった。

漁に出ているあいだに奥さんが交通事故に遭ったという。もう十年も前の話らしい。それは中沢本人ではなく、牡蠣を食べている時に中沢のお母さんが教えてくれた。

中沢のお母さんはどんどん網の上に牡蠣を置く。

「そんなにたくさんは、食べられません」

あたしがあわてて手を振っても、まるで意に介さない様子で笑う。

「なんの、若い人が」

目の前で、牡蠣がふしゅう、というような音を立てる。水が染み出てきた。貝殻が開くのを、しばらく黙って見つめていた。一度風が強く吹いた。火ばさみで炭を均(なら)していた中沢が、あたしが身震いしたことに気づいて「寒いか」と声をかけてくる。

「ううん、大丈夫」

いや、着るもの取ってくる、と中沢は立ち上がる。家のほうに入っていくのを見送った。

「……ずっとここで暮らしてるんですよね」

あたしの問いに、中沢のお母さんは顔を上げて、息子とそっくりな細い目をしばたたかせる。

「うん。生まれてから、ずっとやね」

この島で生まれ育って、この家にお嫁に来て。お父さんが海で死んでからは、ひとりであの子を育てて、あの子の嫁さんはよそから来た人やったけど……と言いながら牡蠣をひっくり返す。

生まれた場所から一度も出ることなく生きてきた中沢のお母さんの横顔には、幾重にも皺が刻まれている。肌はまんべんなく黒く焼けていた。手はがさがさに荒れていて、あたしはなんとなく自分のネイルを施した白い手をポケットに隠した。うしろめたいような、よくわからない気分になる。

「どこかに行きたいと、思ったことはないんですか」

どうだろうねえ、と中沢のお母さんは笑う。

「他の場所を知らんから」

都会にはおもしろいものや、きれいなものが、いっぱいあるんだろうけどねえ、けど、私はここで、と呟く。ここで、なんなのだろうと思う。ここで生きていくと決めていたから？　ここでの暮らしが好きだから？　いずれにせよ、それはあたしには理解できない感

覚だった。あたしはやっぱり、こういう場所では暮らせない。車がなくちゃどこにも行けなくて、静かで美しい島。

帰りたい、とふいに、強く思う。あのごみごみした、汚くてうるさい街に。生まれ育った場所でもない。『住みたい街ランキング』で間違いなく最下位近くをうろついていそうな街。あたしと弓子が出会った街。

結婚するはずだった男と別れた時、出ていくこともできたのにあたしはあそこに留まることを選んだ。ごみごみと汚くてうるさい、でもきっとそこがいいのだと思う。きれいな、しんとした場所にひとりでいるより、ひとりでいるのを実感させてくれるから、だからこそ好きだと思った。

あたしはひとりぼっちだ。誰と一緒にいても、そうなのだ。むしろ誰かと一緒にいる時のほうが強く、孤独を感じる。

背中にあたたかいものが触れた。中沢が自分の服を着せかけてくれたのだった。ありがとう、と袖を通す。ほんのり埃っぽい匂いがした。

「牡蠣、お友だちにも持って帰ってね」

中沢のお母さんが発泡スチロールに牡蠣をつめはじめて、あたしはここに来た時と同じく、中沢のバンの助手席に乗って家をあとにした。

ハンドルを握った中沢は、ちょっとドライブしてから帰るか、と言った後に後ろを振り返って、でもこの車じゃなあ、と笑った。後部座席のシートは倒されていて、なにに使うのかわからないコンテナボックスやロープや軍手が無造作に転がっている。

「いいの、いいの、どんな車でも。ドライブ、連れてって」

島を車でぐるぐるまわりながら、窓を打つ雨の音と時折ぽつりぽつりと喋る中沢の声を聞いているうちに、眠くなってきた。漁船が何隻か停泊している小さな港の前で、中沢が車を停める。漁船を見ていて気づく。ここの船には、ぜんぶ女の人の名前がついている。たとえば「千代子丸」とか「あかね丸」とか。中沢にも理由はわからないが、昔からそうなのだという。

「だいたい嫁さんとか、娘の名前をつけるんだけどな」

「中沢さんの船もある？」

あれ、といちばん右端の船を、中沢が指さす。そこに記された船の名を、目を凝らして読んだ。亡くなった奥さんの名前なのかと訊ねるのはさすがに立ち入り過ぎかと思う。

「けっこう、降るなあ」

晴れてたら船のまわりを魚が泳いでるのを見せられたのに、と中沢はしきりに残念がっていた。

「雨も悪くないけど」

雨音が子守歌みたい、と言うと、眠たくなるからやめてくれ、と中沢が笑った。あたしたちはそれからしばらく黙って、フロントガラスを雨粒が流れる様子を見ていた。ただ雨が車の屋根を打つ音を聞きながら、じっと座っていた。中沢は何も考えていないような表情をしているけれども、退屈そうではなかった。抱き合うこともなく、この後そうする予定もなく、ただ一緒に何かを見て、聞く、という時間を男と過ごすのはひさしぶりだった。違う。はじめてだった。ぼんやり滲んだ空と海のあいだに浮かぶ船は、美しくはないけれども、この先もずっと忘れられない風景のような気がする。

シートに頭を凭（もた）せかけたあたしを見て、眠いか？　と中沢が言う。うん、と頷いてから、でも寝るのはもったいない、と呟く。中沢がなにか言いかけて、やめる。

「なに？」

「……いや、いい」

あんたの友だちな、と言う。弓子のことらしい。

「牡蠣用のナイフ持っとるかな？」

あたしは首を傾げる。あの家にあるかどうかはわからない。

「ちょっと、電話してみてもいい？」

あたしはスマートフォンを耳にあてる。何度か呼び出し音が鳴ったあとつながったが、弓子の声が聞こえない。

「もしもし？　弓子？」

がさがさ、という音。続いて、弓子の声がしたが、それはやけに離れたところから聞こえてきて、なにを言っているのかよくわからない。

「弓子？　だいじょうぶ？」

思わず身を乗り出す。前かがみになりながら必死に耳を澄まして、なんとか聞き取ることができた。

かえでさん。

たすけて。

「弓子！」

どうしたのよ！　あたしが叫んだ直後に、電話が切れた。つーという無情な音が、鼓膜に刺さる。

19　弓

岩場でひねって痛めた私の足首を、シズさんが裁縫用の長い竹の定規で強く突いた。するどい痛みに思わず顔をしかめる。長テーブルの脚に後ろ手に縛られているため、自由に身動きが取れない。

シズさんは長テーブルに腰を下ろして、足を組んでいる。つめたい目つきで、私を見おろしている。公民館のカーテンは閉め切られていて、壁際にこのあいだ完成し、あとは会場である砂浜に運ばれるばかりのミガワリサンが入った段ボールが積まれていた。

先ほど、なんとか岩場から堤防にあがり、足を引きずりながら歩いている私を追い越して停まった一台の車があった。シズさんだった。シズさんは車を降りて、私の前に立ち「ゆーみこさん」と歌うように言い、傘をくるりとまわして笑った。

「怪我したんですか、送っていきますよ」と言われ、車に乗せてもらった。尚太くんは「知り合いの家に預けてきた」とのことだった。なぜ「預けてきた」のか、私はあの時、

もっとしつこく問うべきだった。

車が家でなく公民館の前で停まった時も、「なんでここに？」と確認するべきだった。いや、一応はしたのだが「救急箱があるんです、湿布と包帯、必要でしょう」とシズさんが言ったのでなるほどという感じでついていってしまったのだった。公民館の扉を閉め、内側から鍵をかけるや否やシズさんが飛びかかってきて、押し倒され、後頭部をいやというほど強打した。痛みに気が遠くなっている隙をつかれた。そのまま床を引きずられていき、後ろ手に縛られた。長テーブルはシズさんがのっている重みでびくともしない。

「なんなんですか、これ」

シズさんは竹の定規を弄(もてあそ)びながら「お話しするだけですよー」と答える。

「弓子さんを殺そうとか、そんなこと考えてませんよ。まあ、やろうと思えばできますよね。公民館に火つけるとか。木造だし、よく燃えると思いますよ。そしたら弓子さん、リアルミガワリサンですね。あはは」

「えっ」

「でも残念。雨降ってるから」

「普通」とことあるごとに言っていたこの人の思考は、じつは相当なものであったらしい。

「私、シズさんになんかしましたか？　なんでこんな……」

「なんかしましたか？　って？　は？」

竹の定規が私の脳天を直撃する。

「いちばんの罪は、宏基兄ちゃんと結婚したこと」

にばんめの罪は、宏基兄ちゃんを不幸にしたこと。

さんばんめの罪は、宏基兄ちゃんを追いかけてこの島に来たこと。今日のために何度も練習してきたのかと思うほどなめらかに、シズさんは私の罪を数えあげた。

「宏基はあの家にいたんですよね？　落書きが残ってました」

そうです、とシズさんは頷く。

「光恵おばさんから『宏基を見かけたという人がいて』という連絡が来た時ね、その前からずっといましたよ。でも光恵おばさんには黙っといてくれと言われてたんで、内緒にしてました。そしたらあんた、今度は宏基兄ちゃんのお嫁さんがこっちに来ると言うもんで。あわてて避難させたんです」

「島の南側のホテルに」

「ああ、もうそこまで知ってるんですか」

やっぱりこんな狭い島じゃ隠せませんねえ、とシズさんは鼻の頭に皺を寄せる。島に来た時、宏基兄ちゃんは疲れ切って傷ついて、もうぼろぼろだった、そんな人を放り出せま

すか？　とも言った。

「宏基兄ちゃん、シズちゃんはやさしいな。いまどき珍しい、つくすタイプだね、って何回も言いました」

「はあ……」

曖昧な返事をした次の瞬間、ふたたび竹の定規で頭を打たれた。我慢しようと思っても、呻き声が漏れる。

「わたし、昔からあんたみたいな女が大嫌いなんですよね」

男を支えるとかつくすとかいう能力がゼロのくせに、男には包容力を求める。そういう女でしょ、と決めつけられる。

「男の人はね、弱いんです。傷つきやすいの。わたし、男の子を育ててるからすごくわかるんです。あんたみたいな女と結婚する男は不幸に違いないと思う。そのくせ、なんで」

シズさんの唇が震える。なんで、あんたが宏基兄ちゃんに選ばれたんですか。そしてわたしはなんで、なんで、と呟いたので、悟った。宏基はおそらく、この女と関係を持った。あの家に寝泊まりしているうちに、そうなったのだろう。やさしいな、癒されるよ、俺抱えこみ過ぎて疲れたよ、などと甘えたのだろう。

そうしてたぶんシズさんが「避難させた」というのは嘘だ。かつての同級生を頼ったの

は、おそらく宏基自身の判断だ。宏基はまた逃げたに違いない。シズさん、および息子の尚太くんと共に人生を歩むことになる可能性から。

シズさんはきっと、宏基が自分から逃げることと私のところに戻ることをセットにして考えている。

「弓子さん、もう、この島から出ていってくれませんか」

シズさんが、急に諭すような口調になる。

「あんたがいると、迷惑なんです」

私さえいなければ、宏基は自分のものになる、とでも言いたいのだろうか。それは違います、と言って、私はシズさんを見上げる。自分の声が震えていないことに勇気づけられる。

「宏基は、誰のものにもなりません」

たぶんあの人がいちばん好きなのは自分自身です、と言うと、シズさんは鋭く叫んだ。よくわからなかったが、ふざけるな、というような意味の方言だったのだと思う。私はいきおいよく自分の背中を長テーブルの脚に打ちつける。揺らされてバランスを崩したシズさんが床に足をついた。ちょっとよろめく。

繋がれた手で、必死に長テーブルの脚を摑む。足首の痛みをこらえて踏ん張り、立ちあ

がって浮かせることに成功した。なんとか長テーブルを倒す。ロープの結びめは存外ゆるく、テーブルの脚からすぽんと外れた。両手首は縛られたままだが、動ける。

シズさんが金切り声を上げながら私のほうに突進してきた。床を転がって逃げようとしたはずみにポケットから携帯電話が落ちた。

床の上で、携帯電話が振動する。私がそっちに行くよりもはやく、シズさんがそれを拾い上げた。

楓さんじゃないかと思う。電話をかけてきたのが、どうか楓さんでありますように。シズさんが画面をタップしている。電話を切ろうとしているのかもしれない。芋虫のように這っていって脛(すね)に噛(か)みついた。シズさんがぎゃっと叫び、空いているほうの脚で私の肩のあたりを蹴る。シズさんの手から携帯電話が落ちて、私の背中にあたって床に着地した。

楓さん、と声を振り絞って叫ぶ。携帯電話はもう切れてしまっているかもしれない。それでも私は叫んだ。楓さん、助けて。

もうこの際、楓さんじゃなくても誰でもいい。助けて。私は叫ぶ。助けてほしい時には、叫ばなきゃ駄目なのだ。泣かずに黙ってじっと耐えてるだけじゃ、誰にも伝わらない。

公民館の扉を叩く音がした。

「シズちゃん？」

誰かが外にいる。

「シズちゃん？　あんたそこにおるの？」

マキコさんだ。マキコさんの声だった。

「マキコさん！　マキコさーん！」

私は必死に叫ぶ。シズさんが突然、がっくりとうなだれる。床に膝をついて、荒い呼吸をしている。またなにか悪態をついたが、やっぱり私には聞きとれなかった。


公民館にシズちゃんの車が停まっていたから、とマキコさんは言った。カーテンは閉まっとるけど、忘れもんでもしたんかと思って寄ってみたんよ、と。中から叫び声が聞こえたので、マキコさんは最初、シズさんが誰かに暴行を受けているのではないかと懸念したらしい。

あの後シズさんは尋常な声音で「はーい」と返事をし、自ら扉を開けに行った。

「弓子さんが足くじいたみたいで、救急箱を借りに来たんですよー」

シズさんが言うと、マキコさんは「ああ、そうやったの」と頷き「でも、骨折しとったらいかんから診てもらったほうがいいわ」と、私を診療所に連れていってくれた。

「診療所ならわたしが」と言うシズさんに向かって、マキコさんはきっぱりと首を振った。

それから「尚太くんは家でうちの孫らと遊んどるけど、そろそろ迎えに行ってやってくれんかね」と言ったので、預け先はマキコさんの家と知れた。

マキコさんは私を自分の軽トラックの助手席に座らせるまで、後ろ手に縛られていることについては一切言及しなかった。

診療所のおじいさん先生に診てもらったところ、足首はおそらくただの捻挫であろう、とのことだった。床に打ちつけた後頭部はちょっとだけすりむいて血が滲んでいるようだった。

楓さんに電話をかけると、楓さんは「無事で良かった」と泣き出した。急いで家まで戻ったが私もシズさんもいなかったので、島内を捜しまわっていたらしい。

ことの次第を説明すると、こんどは怒り出した。今どこにいるのかと問うと、件の漁師とまだ一緒にいるというので、すまないが海水浴場の近くのホテルに宏基らしき人がいるかもしれないので、見に行ってくれないか、と頼んだ。診療中隣に付き添ってくれていたマキコさんに「中沢という男を知っているか」と訊いたところ、知っている、気のいい人だ、とのことだったので、任せたのだった。

「シズちゃんは、虚言癖、というわけではないんやけど」

診療所から家に送ってもらうまでの道中、ハンドルを握ったマキコさんは言った。

「昔からなんていうかねえ、夢見がちていうか思いこみが激しすぎる、ていうか。頭の中で思いこんだことをほんとうのことって言い張るようなところがあるのよ。島を出ていって、帰ってきたら尚太くんを連れとって。むこうではものすごい良いとこのおぼっちゃんと結婚して豪邸に住んどった、でも価値観が違い過ぎて別れた、とかなんとかいろいろ言うけど、ほんとうのところは誰にもわからん」

あの子、将来の夢はお嫁さんで、宏基兄ちゃんと結婚する、て言うてねえ、まあ子どもの頃の話やけど、とマキコさんは続け、私は「ああ、シズさんもそう言ってました」と頷いた。

彼女にとっては「運命の再会」というやつだったのかもしれない。傷ついた、初恋の人。わたしが守ってあげなければ、などとも思っていたのかもしれない。

宏基が島にいることは、島の人の多くが知っていたのだという。

「あんたが最初婦人会の集まりに来る前にね、シズちゃんから聞かされとったんよ。宏基兄ちゃんは全部捨ててここに逃げてきた、今の奥さんは酷（ひど）い人で、居所を知られたら、死んでしまうかもしれない、って。だから知らんふりを」

居酒屋の店員に写真を見せた時も、公民館に最初に行った時も、みんなすごくよそよそしいというか、不自然な態度だった。あれはよそ者に対する島民の基本姿勢なのだと思っ

ていたが、違ったらしい。

「あんたはミガワリサンづくりの手伝いもがんばってくれたし、全然そんな悪い人には見えんやったし、でも、ねえ」

それでもやっぱり、私はよそ者なのだ、とあらためて感じる。もともといまいち信用ならない人間であるシズさんよりも、私の「信用できなさ」が上回っていたのだから。

「けどシズちゃんも、根は悪い子やないけん」

なんかこう、結婚して子ども産んで普通の幸せな人生を、みたいな理想をすごい持っとる子で、でもどうしても手に入らんでずっと空回りしとるんやろうねえ、とマキコさんはため息をつく。

「あたしらはやっぱり、尚太くんが心配でねえ。母親があんなふうで、それこそ普通の人生を、あの子は歩めるんやろうかと思うよ」

普通の幸せな人生。そんなもの、どこにもない。手にしているように見える人でさえ、きっと違うのだ。内情はさまざまなのだ。同級生の里美のインスタグラムを暗い気分で眺めたことを思い出す。寝ぼけた尚太くんに歌をうたってあげるシズさんの声を聞きながら、もし子どもを産んでいたら、と考えたことを思い出す。

王子さま、来てくれたのですね。マキコさんが呟いた。

「え？」

シズちゃんのお母さんはね、とマキコさんは言ってから、ちらりと私を見る。

「ひとりでシズちゃんを産んだんよ」

彼女の父親は島の外の人間で、そこそこお金を持っていて、そして既婚者だった。数か月に一度、島にいるシズさんの母親のもとに通ってくる。

「いや、父親ではなかったかもしれん」

たしかにわかっているのは、シズさんの母親がその男の愛人だった、ということだけだ。いつやってくるかわからないその男のためだけにいつも美しく装い、仕事もせずに家に閉じこもっていた。

シズさんはいつも、島の誰かのおさがりの服を着ていた。マジックで書かれた誰かの名前を二重線で消して「やじましず」と上に書いたスカートやTシャツ。シズさんの母親が男から毎月受け取っているお金はすべて自分の洋服代や化粧品代に、あるいは男が来た時に島の仕出し屋に頼む料理代や酒代に消えているのではないか、と島の人たちは噂しあった。

「その男が島に来とるあいだは、シズちゃんはよく」

よく、とマキコさんはそこで言い淀んだ。

「外に出されとった。夏の暑い日でも、雪がちらつく冬の日でも。ああいう堤防の、階段になっとるところで、絵本を見とった。五歳とか、四歳とか、そんぐらいの頃の話よ」

一度誰かが声をかけたら「陽が沈むまで帰ってきちゃだめだって、お母さんが」と言っていたという。

シンデレラ。白雪姫。きれいなドレス。すてきなお城。指さしながら、ひとりごとを言いながら、おさないシズさんは同じ絵本を何度も繰り返し、眺めていたという。

「もうすこし大きくなった頃かな。シズちゃんがそうやって外に出されとる時に、ひとりで何かぶつぶつ言うとってね。近づいてみたら『王子さま、来てくれたのですね』って言いよった。こう、胸の前で手を組んで、きらきらした目でね」

あれはなにをしよったんやろうね、とマキコさんは呟く。

「お姫さまごっこ、ですかね」

答えながら、きゅっと絞られたように胸の奥が痛んだ。

誰かが迎えに来るのを待っていたんだ、と思った。迎えに来てほしかったのだ、シズさんは。すてきな王子さまが現れて、すてきなお城に連れ帰ってくれて、きれいなドレスを着せてもらうことを夢見ながら、ひとりで堤防に座っていたちいさな女の子。

小学生になったシズさんは、学校ではあんまり好かれていなかったという。

「さっき言った、虚言癖というのかね。家にピアノがあるとか、ほんもののダイヤモンドの指輪を持ってるとかそういう、すぐばれるような嘘をつくってみんな嫌がっとったねえ。けど、あれはたぶん想像と現実の区別がつかんかっただけで、悪意はなかったはず」

ねえ、あんた。マキコさんが、私を見る。

「あの子を、許してやってちょうだい」

外で過ごしているシズさんに、宏基はよく声をかけていたという。ジュースを買ってやったり、一緒に遊んでやったりしていたらしい。

堤防に並んで座り、ランドセルを机代わりにして、宿題を教えてやる姿を何度か見たという。

「親戚ってこともあって放っておけんかったんやろうけど、あの子はやさしかったね。宏基くんは、やさしい子やった」

あたしら大人は、とマキコさんは一瞬目を伏せた。

「あの頃、シズちゃんがいつも、あそこにいることを知っとった。陽が沈むまで家に帰れんことを知っとった。でも何度も、見て見ぬふりをした。忙しくて、自分のことで精いっぱいで。余裕がなくて。正直言うと、首を突っこみたくない、みたいな気持ちもあった。見て見ぬふりをしているうちに、慣れた。あの子がひとりでいることに。あの子がほっ

たらかしにされてることに。見殺しにしたのと一緒やった。あんなちいさな子を。足を滑らせて海に落ちてしまうかもしれん。車に轢かれてしまうかもしれんのに。シズちゃんは結局、死なずにちゃんと大人になった。でもそれはただの結果。良かったね、で済ませたらいかんことやったと、今では思う」

だからほんとうは言えた義理じゃないけど、許してやってちょうだい、あの子を。マキコさんは再度言う。

許すとか、と呟いて、その後言葉が続かない。許すとか、許さないとか、そういう問題じゃないんです。

じゃあどういう問題なのか。見て見ぬふりをしていたことを悔いているらしいマキコさんにかけるべき言葉も見つからない。

結局なんと答えていいのかわからず、私は話を逸らそうと、口を開く。乾いた唇を湿して、懸命に言葉をさがす。

「……シズさんね、私たちが泊まってる小さい家のほうに、ほぼ毎日来てたんですよ」

あれは、私を監視していたんですかね。そう言うと、マキコさんは笑って首を振った。

「それもあるかもしれんけどたぶん、うらやましかったみたいなのもあると思うよ」

あの子ほら昔から嘘つきとか言われて、同級生のあいだで浮いとったから。旅行するよ

うな友だち、おらんやろ。あの派手な女の人とあんたが仲良さそうやったから、仲間に入りたかったのかも。

マキコさんはそんなふうに言い「あんたが憎くて、でもうらやましくて、そんなふうに言うとめちゃくちゃだと思うかもしれんけど」と笑った。

「めちゃくちゃですね」

まあでも、人間の思考ってそんなに整理されてないし、めちゃくちゃなのがむしろ基本設定なのかもなと妙に冷静に思う。そんなめちゃくちゃなシズさんは、でも、それなりに島の人々に受け入れられているようだし、だから別にいいんじゃないかなという気もした。

あんなことをされてもなお、私はシズさんを憎む気にはなれない。けっして仲良くなりたくはない相手だけれども。

「マキコさんは、シズさんの友だちじゃないんですか?」

シズさんはかつてマキコさんについて、あまり良くないようなことを言っていたけれども、自分の子どもを預けられるぐらいには信頼していて、マキコさんのほうも「悪い子じゃない」と庇(かば)っていて、そうして会えばおしゃべりしたりする相手を、友だちと呼ぶのではないだろうか。

「いや、年が離れとるから」

「年が離れてたって、友だちにはなれますよ」

そう答えた時、頭の中で光恵さんを思い浮かべていた。マキコさんは「そしたら、私とあんたも友だちになれるかねえ」と笑う。

携帯電話に、楓さんからのメッセージが表示された。「捕獲」の二文字。宏基のことらしい。

20　弓

「ごめん」

宏基はそう言って、深々と頭を下げた。私は答えなかった。

ホテルの空き室に隠れていた宏基は、楓さんと中沢さんが押し入った時、のんきに漫画を読んでいたそうだ。家に入ってきた宏基は、悪戯(いたずら)がばれて職員室に連れてこられた小学生のようだった。私の目を見ようとしない。

「あたしたち、外に出ようか」

楓さんは中沢さんと連れだって行ってしまった。だからふたりきりで、向かい合っている。約一年ぶりに会う宏基はすこし痩せ、白髪が増えていた。島に来たのは数か月前で、それ以前は何をしていたのかと問うと「あちこち、あちこち」と真剣に答える気もなさそうだった。

「ごめん」と宏基がまた謝る。

「なににたいして謝ってるの、宏基」

宏基はしばらく黙って自分の顎を触っていたが、「ずっと甘えてたこと、弓に」と言った。考えをまとめていたというよりは、この状況での正解を口にしたように思われた。

突然、出会った頃の宏基の姿がよみがえった。たった七歳の年齢差によって、宏基はとても大人に見えた。立派な大人である宏基が私の前で時折こぼす愚痴や弱音を、私はまるで希少な宝石のように大切に受け止め、胸に抱いて守ろうとした。けっして誰の目にも触れることがないように。

際限なく受け止める度量もないくせに、度量があるかのように自分で勘違いし、中途半端にがんばり続けたことこそ、私の罪なのだと知る。シズさんの言ったことは、ある意味では正しい。度量がない、ということをもっとはやい段階で宏基に伝えるべきだったのだろう。でもたぶんもう遅い。

甘えといえば、行方をくらました後に最終的に落ちついたのが故郷の島だ、というのも甘えだよなと思う。何十年も前に離れた島とはいえ、まだ光恵さんの知り合いや親族がたくさんここにはいる。すぐに噂が光恵さんに届くに決まっている。

むしろ届いてほしかったんでしょう、と私は思う。自分から連絡する勇気はないけど、ここにいることを知ってほしかったんでしょう。迎えに来てもらえると、思っていたんじ

やないの？

「ねえ言っておくけど、連れ戻しに来たんじゃないからね」

私の言葉に、宏基は目をしばたたかせる。

「私と離婚して、宏基。……放り出して逃げるのはもうやめて」

抱えこみ過ぎた、じゃないよ。宏基が失踪した時、そんなふうに腹を立てていた。みんなにいい顔をしようとして結局身動きがとれなくなっただけのくせに、被害者みたいな言いかたをするなと。あんなふうに言い残して消えれば、残された人たちはみんな不安になる。私の接しかたがいけなかったのか？　なにかしてあげられることがあったんじゃないのか？

それはすごく卑怯なことなのだ。自分がつけるべき落とし前を、残された人間に押しつけるのは。

「宏基は、シズさんからも逃げたんでしょう」

あれは、と俯いていた宏基は顔を上げ、なぜか咳きこむ。シズが結婚とか、そういうことを言い出したから距離を置いたほうがいいと思った、などと言い出す。

「だって俺まだ一応弓と結婚してるし、その状態でぐいぐい来られても、困るし」

困る、って言いなさい、本人に、ちゃんと。どうせはっきり言いもせずに逃げたんでし

よう。私がテーブルをばんと叩いたので、宏基はびくっと首をすくめる。

「……ねえ、弓ってそんな言いかたする人だったっけ」

気がつくと、宏基が上目づかいで私を見ている。

「なんか、変わったな」

へえ、そう。頷いて腕を組んだ。宏基の非難がましい口調に、私は一切傷つかなかった。変わったというなら、宏基にとって都合の悪い女になったというのなら、それはむしろ喜ばしいことだ。

「……でも宏基は、シズさんにいっときは、救われたんじゃないの？」

それは。宏基が目を伏せる。

「そうだけど、でも、それは」

「だったら、黙っていなくなっちゃやだめだと思う」

ちょっとのあいだだけでも、シズさんがいてくれて良かったんじゃないの？　宏基は自分が姿を消せば、相手がなんとなく自分のことを忘れてくれると思ってるのかもしれないけど、違うから。なんとなく終わってしまったものを忘れるって、ものすごくエネルギーがいることだから。だから宏基。

宏基、と呼んで、私は立ち上がった。

「今から、シズさんとこに行っておいで」

ええっ、と宏基はたじろぎ、また上目づかいになって「……一緒に行ってくれる？」と言った。

「行くわけないでしょ、バカじゃないの」

有名人の不倫スキャンダル等でその有名人の妻が関係者に謝罪、というような話を見聞きするたび、なんでだよ、配偶者を巻き添えにするなよ、と思う性質なのだった、私は。

さっさと行ってきて、と宏基を急き立て、逃げられぬように一緒に外に出た。

堤防のほうに目を向ける。海は真っ黒で、空と区別がつかない。

街灯のない道を歩くのは心もとない。月の光だけをたよりに歩かなければならない。

夜の海は気持ちが悪いなあ、と宏基が立ち止まる。よほどシズさんの家に行くのが嫌らしく、いつまでもぐずぐずしている。

「暗いし、静かだし、まあ怖いよね」

私は内心苛々しながら、それでも一応話を合わせる。

「俺もともと、海が嫌いだからね」

「そうなの？　島育ちなのに？」

「川も、湖も、水辺は全部嫌いだよ」

「へえ、知らなかった」

あの海で、と宏基が指さす。

「……あそこで、母さんが死のうとしたことがある」

「光恵さんが？」

あのかわいらしい、そのくせ妙に飄々（ひょうひょう）としたところのある、あの光恵さんが、そんな。とても信じられないが、このタイミングで宏基がそんな嘘をつくとも思えない。

宏基の父がちょうどよそに愛人をつくって、家に帰ってこなかった頃だという。六歳の宏基の手を取って、光恵さんはざぶざぶと海に入っていったらしい。

母は父の愛人のことを隠していたが、俺はちゃんと気がついていた、と宏基は言った。夜中にどなりあう姿を、何度も目にしたという。

夏休みだった。バスタオルをお腹にかけて昼寝をしていた。ふと目を覚ましたら光恵さんが自分の顔を覗きこんでいた。その顔がなんていうか、のっぺらぼうに見えた、と宏基は暗い海に視線を固定したまま言った。

「宏基、一緒に死んでくれる？」

光恵さんはその時、そう言ったという。

宏基の手を取って、光恵さんは裸足（はだし）で道路をわたり、干潟をどんどん進んでいって、海

に入っていった。いやだ、と言いたかったが、怖くて、声が出せなかった。同時に、かわいそうだと思ってもいた。一緒に死んであげたほうがいいのかな、みたいな気分にも一瞬なったんだよ、と宏基は言う。

「だけど、必死に声をふりしぼった。嫌だ！　って。母さんが驚いて、手の力がゆるんだ。咄嗟(とっさ)に振り切って、ひとりで岸に戻った。冗談じゃない、と思った。一回途中で転んで、頭からびしょ濡れになった。海水が鼻に入って、痛かった。岸について、死ぬならひとりで死ねよ、って叫んだ。それで、母さんも夢からさめたような顔で、岸に戻ってきた」

後日、光恵さんは宏基に謝ったのだそうだ。宏基の人生は、宏基のものよね。それを終わらせる権利は、親といえども、ないのよね。

藤井一真の『道連れ』という映画を観た時、光恵さんは私に「一緒にいて死んじゃうぐらいなら別れたほうがいいのよ」と言ったが、あれはただ単に映画の感想にからめたものではなかったのかもしれない。

「知らなかった」

知らなかった、ともう一度呟く。

「だって、言ってないからな」

今はじめて話した、誰かに、と言う宏基に、どうして、とは訊かない。私も宏基に話し

ていないことはたくさんあった。

私たちはおたがいに、話すべきことを話さず、話すべきでないことばかり話してきた夫婦だったのかもしれない。

宏基が私のほうを見た。

「弓」

名を呼んで、宏基は俯いたり、顔を上げたり、逡巡している様子だった。黙って待っていると、最後に手を握ってもいいか、と言い出した。

「……いいけど」

答えながら、遠い、と思った。ひとこと断りを入れねば相手の身体に触れられないほど、私たちは遠くなった。宏基がおずおずと伸ばしてきた手を取る。かさついていて、冷たかった。私の手がきれいに隠れてしまうほど、宏基の手は大きい。

ひとりだった。唐突に気づく。こうやって手を繋いでいても、私たちはおたがいにひとりだった。愛しあっていた頃からずっと。そのことをもっと自覚していれば、違った夫婦になれていたのかもしれないと、海に浮かぶ遠くの島を眺めるように淡く思った。後悔ではなく、たんなる感慨だった。

ゆっくりと、手を振りほどく。

「弓」

宏基の声が震える。

「ほんとうにもう、無理なのかな。俺たちは」

うん。私は間をおかず答える。だって別れるために来たのだから。

そうか、と宏基は、存外あっさりと頷く。

「女は、一度別れを決めたら、揺らがないっていうもんな」

「女は、じゃない」

私が口を挟むと、宏基は「え」と怪訝な顔をする。

「私が、もう揺らがないの」

そうか。宏基は笑う。そうだったな、と。

離婚届、と宏基が言って、溜息をついた。

「郵便で送ってくれ。ハンコついて、出しとくから」

ここに持ってきてるよ。あとで渡す。私が言うと、また小さく笑った。

「準備がいいな」

行ってらっしゃい、と、送り出す。離れたところで、宏基が呼び鈴を鳴らすのを見ていた。宏基。心の中で呼びかける。あなたはでも、かつてたしかにひとりの女の子の心を救

ったんだよ。宏基を迎え入れる寸前のシズさんの顔は見えなかったけど、立っている私に気づいて深く頭を下げた。シズさんの横で、小さな影が動く。尚太くんだった。

裸足のまま、尚太くんが駆けてくる。なにか、紙のようなものを手にしていた。私も思わず駆け寄る。私を見上げながら、尚太くんはその紙を差し出した。絵のようだ。

携帯電話をライト代わりにして、それを見た。女らしき人物がふたり。ひとりは髪が長くて、赤い口を大きく開けて笑っている。

「もしかして……楓さん？」

尚太くんは頷く。

笑っている女の隣には髪の短い女。スカートを穿いているからたぶん女だ。もしかして、これは私なのだろうか。楓さんよりあきらかに細く頼りない線で描かれていて、みょうに本質を突いている気がした。口もとは直線で表現されていて、ぜんぜん楽しそうではない。

手に、なにか茶色くまるいものを持っている。

「これなに？　この茶色いの」

パン、と尚太くんは答えた。たまご、はさんであるの。

ああ、と頷く。前につくった、あのバターロールの朝食か、と思う。気に入ったの？と訊ねたが、どうも「気に入った」という言葉になじみがないらしく、怪訝な顔をしてい

る。おいしかったの？　と訊き直したら、頷いた。うん。またたべたい。そうか、と私は答えて、目線の高さにしゃがみこむ。だけど、私がこの子に朝食をつくってあげる機会は、たぶんもうないだろう。

「帰るまでのあいだに、つくりかたを紙に書いといてあげる。あそこに入れとくから」

玄関脇の郵便受けを指さしながら言うと、尚太くんは頷いた。

字が読めるようになったら、台所に立てるようになったら、自分でつくってみてね。おばちゃんも、けっこう小さい頃から自分で料理してたんだよ。

ねえ、母親があんなふうだからとか、周りの大人が言うかもしれないけど、そんなの無視していいんだよ。大人が言うことがぜんぶ正しいと思ったら大まちがいなんだから。大人はいつも正しいことを言うわけじゃないんだよ。たいていへんな思いこみとかわけのわかんない感情とか、そんなもんを抱えてる人たちなんだから。まちがったことだっていっぱい言うんだよ。私はそんなふうに語りかけたけど、尚太くんにどれぐらい伝わったのかは、よくわからない。

私はもしかしたら、尚太くんではなく、昔の自分に話していたのかもしれない。大人になっても、世界は自分の思い通りになんかならない。自由にやれることはすくない。大人になってからも周囲の人はいろんなことを言ってくるよ。でもね、すくなくとも自分

で食べるものを自分で用意することはできる。王子さまが現れなくても自分の足で歩いていけるよ。

だいじょうぶだよとは、私は言わない。そんな無責任なことは。でも、生きてと願う。

どうか生きのびて。

21 楓

フェリー乗り場の近くを歩く。中沢とふたりで。明後日帰るの、と電話をしたら、来てくれた。お母さんを病院に送って、診察と薬の受け取りが終わるのを待つ一時間ぐらいのあいだしか会えないという条件つきだった。明日は漁に出るから、会えないのだと言われた。

「お母さん、どこか悪いの?」

「年寄りはみんな、どこかしら悪いよ」

血圧が高いんだ、あとコレステロール値も高いね。陽に灼けた自分の頬を両手で擦って、中沢は言う。

「そんなら、明日のミガワリサンには行くんだな」

うん、とあたしは頷く。ちょっとめんどくさい感じもするけど、せっせと作製のお手伝いをした人形が燃やされるところを見て帰りたいと弓子が言うので、そうすることにした。

しょっちゅう中沢の知り合いとすれ違う。デート？　などと声をかけられている。そうだようらやましいだろ、と余裕綽々(しゃくしゃく)のふうで返している中沢の横顔を盗み見る。

はじめて会った日、ベンチで話している時に、なにかの拍子に運転免許の話になって、中沢が財布から自分の免許証を取り出して、見せてくれたことがあった。

「へえ」とあたしは中沢の手元に顔を寄せた。距離が近くなった。顔を上げると、すぐ目の前に中沢の顔があった。灰色がかった瞳をすぐ近くで、見た。あたしはその目をじっとのぞきこんだ。ほとんど無意識にそうしていた。ヒラツカさんは色が白くて顎の輪郭がもっとまるっこい。ヒラツカさんと中沢はぜんぜん似ていない。

中沢の顎には剃り残したひげがあった。触れたら痛そうだなあと思った瞬間に手を伸ばしていた。でも、それに触れることはできなかった。中沢がゆっくりとあたしから離れたから。ごく自然な動作だった。

「他の誰かのことを考えてる女の相手をするのは、好きじゃないよ」

中沢はあたしから視線をそらした。

見透かされている、と思った。どうしてだか、なにもかも見透かされてしまっていた。言葉を失うあたしを見て、中沢は下を向いて笑い、やっぱりそうか、とひとりごちた。ごめんと言いたかったけど、言ったら余計に失礼だろうなと思ったから言わなかった。

あの時中沢は、あんたを見てると思い出す人がいる、とも言った。

「似てるの？」

「そういうわけじゃない」

あれはいったい誰のことだったんだろうと思いながら、隣を歩く中沢の横顔をまた盗み見る。思い出すとまた諸々のことが申し訳なくなってきて、思わず土産物屋の前で足を止める。

「いろいろお世話になったし、なんかプレゼントする」

プレゼント？　怪訝な顔で、土産物屋とあたしを交互に見る。

「いらないよ、そんなもん」

なに言ってんだ、と笑っている。

「そんなこと言わないで。あ、これとかどう？」

入り口の近くにかかっていたというだけの理由で手に取ったキーホルダーは信じられないぐらいださかった。じゃあこれは？　これは？　店内の商品、ぬいぐるみだとかお饅頭だとか、次々と手に取って中沢に見せる。なんでもいいから、なにか中沢にお礼がしたかった。でも今のあたしは、中沢に差し出せるものをなにも持っていない。

「じゃあ、これ」

『開運』と書いてある、直径一センチほどの猫のかたちをした数百円のお守りを、中沢は持ち上げた。

「財布に入れとくから。これ買って」

「わかった」

お財布を開いて、会計をしているあいだに中沢のスマートフォンが鳴った。病院にいるお母さんが「終わったよ」と電話をかけてきたらしい。

「そろそろ行くよ」

「うん」

これ、ありがとう。中沢は猫のお守りを掲げた。

「こちらこそ、ありがとう」

じゃあな、と手を振って、中沢は背中を向ける。あっさりとしたものだった。すたすたと歩いていく背中を見送る。角を曲がって、その姿は見えなくなった。

もっといろんな話をしてみたかったなと思う。これぐらいのあっさりしたかかわりで、ちょうどよかったのかもしれないとも思う。

今度はひとりで、ぶらぶらと歩いてみることにした。

食堂の前を通った時、ちょうど中から出てきた男が六万円持ち逃げ野郎に似ていた気が

した。振り返って確かめようかと思ったけど、やめておいた。だってあたしは、あいつの顔をはっきりと覚えていない。

十七歳の夏休みから数えて、いったい何人の男とかかわってきたのだろうと指を折ってみたが、すぐに飽きた。ほとんど顔が思い出せない。転勤にくっついていって、一緒に暮らしたあの男ですら。

鮮明に覚えているのは、ヒラツカさんだけだ。

電話が鳴っていることに気づいて、バッグから取り出す。公衆電話と表示されていて、不審に思って出てみる。もしもし、と粘つくような男の声が聞こえる。忘れもしない、横地の声だった。

「電話、どうなってるの？　メールも送れなくなったし」

横地が言うのを黙って聞く。鈍感を装ってるのか、本気で言っているのかは判断がつきかねる。

「ねえ、島田さん、勘違いしてない？」

じらして相手に追いかけさせる的なやつ？　そういうのが有効なのは、若いうちだけなんだよ。

俺はね、君がひとりでさびしいだろうと思って、なにかと気にかけてただけだよ。横地

が言い、あたしは鼻で笑う。横地はなおもひとりで喋り続けている。四十過ぎたおばさんがさ、男に口説いてもらっただけで、ありがたいと思いなよ。

「この程度の女なら俺でも落とせる」と思っていた女を手に入れられなかったのは、そんなに屈辱的だったのか。あたしは黙ってスマートフォンを持ちかえる。こいつは今、公衆電話から電話をかけてきている。自分の番号が着信拒否されているから、わざわざ電話ボックスかなにかをさがして、あたしに電話をかけてきた。そんなに悔しかったのか。バカか。

メゾン・ド・川に横地が現れた時、あたしはすごく怖かった。警察を呼ぶことさえ、弓子にやらせた。ここまでつきまとわれるなんて、あたしはもしかして無自覚に横地に勘違いさせるようなことをしてしまったんだろうか、と反省すらした。でも違う。今になってわかる。すくなくとも横地に関しては、あたしが自分を責めるのはおかしい。絶対に。

息を深く吸って、吐く。

「口説いてもらっただけでありがたいと思いなよ、って？　はあ？　なに言ってんの？　あんたから口説かれることに、いったいなんの価値があるの？　どうやったらそんな勘違いができんの？　だってあんたあたしの好きな男でもなんでもないただのおっさんじゃない。島田さん、横地さんに口説かれたのー、キャー羨ましーってあのつけもの工場の人た

ちが言うとでも思ってんの？」

言ったら思わず自分で笑いそうになってしまった。ほんとうに、どうやったらそんなおめでたい勘違いができるの？

横地は「お」と呟いたきり、口ごもっている。お前、とあたしにむかって言い放った。

「お前、じゃあ、なんなんだよ」

いっつも濃い化粧して、派手な服着て会社に来てたじゃねえか、男探しに来てたんだろうが、じゃなきゃなんなんだよ。

ぎゃあぎゃあ喚いて、聞き苦しいことこのうえない。あたしは今度こそ、声を出して笑ってしまった。

「ねえ社長」

なんとか笑いをおさめてから、あたしは言った。社長、とあえて呼びかける。横地は返事をしない。

「女がね、化粧したりきれいな服を着たりするのは、男の人のためじゃないのよ。自分のためよ。すくなくともあたしはそう。もちろん男の人に見せるためにする時もある。でもね」

でもね、と言ってから、また息を吸って、吐いた。

「でもね、すくなくともその『男の人』はあんたじゃないからね！」

横地は無言で電話を切った。

もっとはやくこう言ってやるべきだったのだ。スマートフォンをバッグにしまう。ひやかし半分に入っていく。

商店街には、シャッターの閉まっている店も多かった。陶器の店を見つけて、ひやかし半分に入っていく。そう広くない店内を見まわして、へえ、と呟いた。島内にいくつか窯元が存在するらしい。

焼きものなんてちっとも興味はないけど、こんなにたくさん並んでいるとさすがに壮観だった。棚に五つ並んだ、コーヒーカップを手に取る。乳白色に、うす桃色の斑（まだら）がいくつも浮かんでいる。

「この斑はね、意図してつけられるものじゃないんです」

店員が傍に来て、説明してくれる。窯の火のぐあい、釉薬（うわぐすり）、さまざまな状況の違いで、異なる模様が生まれるという。ほら、ひとつひとつ違うでしょう、と指さされるコーヒーカップはたしかに五つとも、斑の浮かび具合が違っている。手びねりだからかたちも全部おんなじじゃないんですよ、と言う店員は、なにやらすごく誇らしげだった。

たぶん自分の扱っている商品に対する愛があるのだな、と思う。ちょっとうらやましかった。あたしは今までに一度だってそんな気持ちで働いたことがない。

いちばんうす桃色の斑が美しい、と思われるひとつを手に取って、これ買おうかな、と思う。ヒラツカさんにこのカップでコーヒーを出してあげて、斑の話をしてあげたら、きっと興味を持って聞いてくれるような気がした。

あの時、言いたいことをのみこんで笑顔でヒラツカさんを見送ったのは、この女はめんどくさくてややこしい、というような記憶を残したくなかったからだ。さらっと別れておけばいつかヒラツカさんの心が弱った時に思い出してくれるんじゃないか、またあたしの部屋に通ってきてくれるんじゃないか、といういやらしい計算を無意識に働かせたのだ。

ひとつ買います、とあたしは店員に言う。ペアじゃなくてもいい。あの部屋に来てくれなくても、あたしはヒラツカさんにこのコーヒーカップを差し出したい。でも。

「やっぱり、ふたつ買います」

ひとつずつ包んでもらえますか、とあたしは言う。あたしのぶんと、弓子にあげるぶん。そのほうがいい。

ヒラツカさんはもうあの部屋には来ない。それぐらいのこと、ほんとうはあたしだって、ちゃんとわかっている。

店を出て、また歩く。もし今、あるいは明日あたしが死んだら、喪主は母になるのかな、それとも兄かな、とぼんやり考えた。兄と弟は、すごく怒るだろう。親より先に死ぬのは

最大の親不孝だ、とかなんとか、すさまじくまっとうなことを言って、参列者に「クソみたいな女でした」ぐらいのことは言うのかもしれなかった。故人はクソみたいな女でしたと。

でももう、それでいいや、と思った。それがいい、とすら。あたしはたぶん死ぬまであたしのままだ。お葬式で「故人は立派な人でした」と言ってもらうために生きてるわけじゃない。コーヒーカップが割れないように、そうっと胸に抱いた。

あたしはあたしのために生きている。ヒラツカさんのことが好きだった。大好きだった。でもヒラツカさんのために生きているわけじゃない。

「楓さーん」

あたしの名を呼ぶ声が、背後から聞こえる。振り返らなくても、もちろんわかる。弓子が、発泡スチロールの箱を抱えて、ゆっくり近づいてくる。

歩きかたがひどく遅いのは、捻挫をしているせいだ。片足を引きずるようにして歩く。

「ねえ、教えてもらったあの漁協の近くの直売所、ほんとに安い」

海老とか、いろいろ買っちゃったよ。弓子は嬉しそうだった。中沢から教えてもらった直売所の地図を、出掛けに描いてやったのだった。ひとりで行ってきたのだという。

貸しな。発泡スチロールの箱を、弓子から奪う。

「持ってくれるの？」

「あたりまえでしょ」

そんな足の人にこんなの持たせられないよ、と弓子の足もとに視線を落とす。

「やさしいね、楓さん」

「そうでしょ。でも際限なく甘えないでね」

「甘えないよ」

ふしぎだ。全然知らない土地を歩きながら、いつもみたいな会話をしている。あんなことがあった後なのに。

たすけて。電話越しに弓子の声を聞いた時、あたしはほんとうに、いてもたってもいられなかった。

助けなきゃ。だって弓子があたしに助けを求めている。絶対助けなきゃ。そう思った。思っただけで、実際はあたしはなにもしてなくて、弓子を救出したのはその場に居合わせたマキコさんというおばさんだったし、弓子の夫を迎えに車を出してくれたのは中沢だ。それなのに弓子は、あたしに「ありがとう」と言った。昨日、何度も。

ほんとうはあたしが弓子に、言わなきゃならないのだ。ありがとう、と。この島への旅に誘ってくれてありがとう。真夜中にホテルまで自転車で迎えにきてくれてありがとう。

あたしと友だちでいてくれてありがとう。

「楓さん、今日の夕飯、なんにしようか」

揚げもの、とあたしは、即座に答える。例の、串揚げ。

「例の」

「そう、例の。おいしいんだもん」

「揚げもの好きだねー、楓さん」

友だちでいてくれてありがとうのかわりに、あたしは訂正した。

「違う、弓子のつくるごはんは全部好き」

それは嬉しいなあ。弓子は歯を見せて、ほんとうに楽しそうな笑い声をあげた。

22　弓

空はほんのすこし曇っていた。私たちが到着した頃にはもうミガワリサンがはじまっていた。砂浜に櫓（やぐら）が組まれていて、そこで火が燃えているのが見える。家族らしき人たちと来ていたマキコさんが、私と楓さんに気づいて手を振った。

「甘酒、飲む？」

青年団と書かれた腕章をつけた男の人たちがテントの下で、甘酒を配っているらしい。はい、と頷くと、紙コップに注がれた甘酒をふたつ持ってきてくれた。

「これ、とっといた」

いちばんかたちの良いやつをとっといた、と、マキコさんはミガワリサンを二体差し出す。

ミガワリサンのできが良ければ願いが叶いやすいとかそういうことでもないらしかったが、マキコさんの厚意をありがたく受け止める。マジックで胴体に願いごとを書きなさい、

とマキコさんは言う。

携帯電話が鳴った。光恵さんからだった。そういえば宏基が見つかったと報告をしていなかったと今更のように思い出した。宏基から連絡をするように念を押したものの、すぐに電話をかけたかどうか定かではない。

「弓子さん。ごめんなさい」

もしもしも言わずに、光恵さんは突然謝る。周囲がガヤガヤとやかましい。外からかけているようだ。

「どうしたんですか、光恵さん」

あの、宏基、いましたよ。私が言うと、光恵さんは「え？　ああ、そうなの？」と答えた。

「状況には問題ありですが、健康面は問題ないようでした」

「それは良かった」

光恵さんのところへ行くよう伝えるかと問うと、いいえ結構、とのことだった。

「五十近い息子が、どう生きようと自由」

そうですか、と私は頷く。宏基の人生は、宏基のもの。このあいだ聞いた昔の話を、光恵さんに伝えるつもりはなかった。今も、これから先も。

「光恵さん、あの……」

ねえ、それより、と光恵さんが焦れたような声を出す。

「今、私の視線の先に誰がいると思う？」

藤井一真。光恵さんが、私たちの星の名を口にする。映画のロケで、あの街に来ているらしい。先ほどの「ごめんなさい」は、島に行かなければここに一緒にいたかもしれないのに、という意味だったようだ。買いものに来て、偶然路上で出くわしたらしい。

「いま何してます、藤井一真」

「長い上着を着て……ベンチコートというの？　それで、後ろで手を組んで立ってる」

たくさんの人だかりができていて、その中心に若い女優さんがいて、監督らしき人と話をしているのを見ているようだ、という光恵さんの説明を聞きながら、その姿を思い浮かべた。

「どうですか？　実物」

「凜としている」

そして、すごく遠い、と光恵さんは続けた。やっぱり星なんですね、としみじみ答えた。

光恵さんの周囲が静かになったと思ったら、どうもその現場から離れたらしかった。

「いいんですか？　見ていればよかったのに」

「いいの、もうじゅうぶん」

思い残すことはないわ、もういつ死んでもいい、と光恵さんが笑うのがかなしかった。そんなのだめだ。

「だめですよ。その映画、今、撮影中なんでしょ？　すくなくともその映画が公開されるまでは生きてましょう。そうじゃないと、私と一緒に観にいけないから」

「そうね」

気をつけて帰ってらっしゃいね、という光恵さんの言葉を最後に電話は切れた。

楓さんが私に向かって手招きする。私はまだ願いごとが思いつかず、それでも焚火の前に行列ができていたので、とりあえずという感じで並んだ。並んでいるあいだに考えればいい。

人々が手にしているミガワリサンの願いごとを、いけないとは思いつつ盗み見る。家族みんながすこやかでありますように、母の手術が成功しますように、という健康系のもの、彼氏ができますように、お金持ちになれますように、などの欲望系のものが二大主流といった感じだった。

私の前に並んでいる楓さんは「明日、無事に帰れますように」と書いている。

「そんなのでいいの？」

うん、と楓さんは頷く。帰るまでが旅だし、帰るとこがないのは旅じゃなくてただの放浪なんだよ、と含蓄があるようでいてよく考えるとそうでもない感じの発言をした。

そうだ。これは、旅なのだった。

「楓さんが『ここに残る』って言い出すような気がちょっとだけしてた」

あの中沢さんって人がいるから、と言いかけると、楓さんは「ふふん」と笑ったが、なにも言わなかった。

「そういうんじゃない」

だからしばらくして楓さんが言った時、私には最初なんのことだかわからなかった。

「え、なに？」

「だから、中沢。そういうんじゃない」

そういうんじゃなかったから、だから、よかったの。楓さんは、そんなふうな言いかたをした。

「よかったんだね」

私はよくわからないまま、そう答える。

「うん。よかった」

中沢さんの話をしている楓さんの横顔は、なんだかとてもきれいに見えた。だから、よ

くわからないけど、よかったんだろう、と思うことにした。私たちは、それからすこし黙った。

なんかふたりでここに来たけどさ、けっこう別行動だったね、あたしたち。楓さんの言葉に頷く。

「今度は海とか山とかそういうんじゃないとこに行こうよ、ラスベガスとか」

ラスベガス、という響きはたしかに海や山より、楓さんによく似合っていた。

たぶんどこに行っても、私たちはぴったりくっついて行動することはないんだろう。ひとりだ、とまた思う。夫婦だって、友だちだって、一緒にいるだけで「ふたり」という新たななにかになるわけではなくて、ただのひとりとひとりなのだ。

「離婚するの？」

前を向いたまま、楓さんが訊ねた。うん、と私も同じく前を向いたまま、答えた。

「シズにくれてやるの？」

「そういうんじゃないよ」

私と宏基が別れるのは、私たちの問題。宏基とシズさんがどうするかは、彼らの問題だ。

風が吹いて、一瞬炎が小さくなったが、また勢いを増した。火の粉が爆（は）ぜる。オレンジ色の指が天に向かって伸びているように見えた。

火にくべたものは、煙とともに天に昇るという。さまざまな人の罪と穢れを抱いて、無数のミガワリサンが手を繋いで天に昇っていく光景を思い浮かべた。遠くから見るとそれは、白いリボンのようだった。たくさんの人たちの罪と穢れで紡いだリボンは、でも私の想像の中では、ふわりとゆらめきながら空に美しく白い線を描く。

「弓子、ねえ、ちょっと」

楓さんが袖を引っ張る。振り向くと、視線の先に宏基がいた。ひとりなのか、と目を凝らす。背後にシズさんがいた。私より小さい彼女は宏基の身体に完全に隠れて見えなかったのだった。シズさんの手は尚太くんに繋がれている。

尚太くんは高く燃え上がる炎に気を取られているようだった。小さく口を開けて、焚火を見上げている。空色のニット帽と、同じ色のダウンジャケットを着こんでいて、全体的にもこもこしたシルエットになっている。そのことが私の頬をゆるませた。つめたい潮風で身体を冷やさぬよう、シズさんがたくさん着せたのだろう。

ふたりのあいだでどのような話し合いがおこなわれたのかを、私は知らない。ただ今、こうやって三人でここに来たということは、つまりはそういうことではないか。

宏基とシズさんと尚太くんは、一組の親子のように見えた。法的に一応まだ妻である私がごく自然にそう思ってしまうほどに自然な様子でそこにいた。ふしぎだ。宏基とシズさ

んが、私が宏基と出会うずっと前から知り合いだったと知ったあとに見るからだろうか。

くやしさのような、なんだか暗い色をしたものが胸の内に広がる。それはむしろ私を安堵させた。私はちゃんとあの人を好きだったのだな、とあらためて思えた。

シズさんが私に気づいた。宏基に向かって、なにか言っているのが見える。宏基は一瞬こちらを見て、目を伏せた。宏基がシズさんになにか言っている。シズさんが頷いて、尚太くんの手を離した。

宏基がぎこちなく腰を屈めて尚太くんになにか話しているあいだに、シズさんは私のほうに近づいてくる。

ちょっとごめんなさい。後ろに並んでいる人に断ってから、列を離れる。

「足」

シズさんが言う。私の足首を見ていた。

「まだ痛みますか」

「どっちかというと、シズさんに叩きつけられた頭のほうが痛みますね」

言ってやった。言ってやったぞ。これぐらいの皮肉を言う権利はあるはずだ、私にも。

「すみませんでした」

シズさんは目を伏せる。ちょっとわたし、と唇を噛む。

「とにかく必死で、あの時」

宏基兄ちゃんを、弓子さんが連れていっちゃう、と思って。その声を、離れたところにいる宏基を眺めながら聞く。

ひとつ訊いてもいいですか、と言ったら、シズさんは顔を上げた。

「宏基は、シズさんの王子さまだったんですか？」

宏基が「おずおず」といった様子で尚太くんと手を繋いでいるところを見守りながら、王子、と繰り返してから、ああ、とシズさんが頷く。

「そうです」

昔も今も、とシズさんはまた唇を嚙んだ。

「いい年してバカみたいでしょう」

いい年して？　笑ってしまいそうになる。二十歳でも、四十歳でも、バカみたいなことは平等にバカみたいなことなのだ。私は王子さまを欲しない。シズさんは欲する。欲しいものが違うのに、どっちが正しいのかなどと考えるのは、それこそバカみたいだ。

私たちは、たとえ何歳になっても自分の欲しいものを欲しがる権利がある。獲得しようとする権利がある。

私はいつも正しいわけではない。私の生きかたはきっと美しくはない。何度も間違え、

何度も他人を傷つけ、罪と穢れを炎にくべて赦（ゆる）されようとする。でも、自分が正しくも美しくもなく生きていることを知っている私はせめて、他人が心から欲するものを価値がないと嗤（わら）ったり否定したりはすまい、と誓う。

「いい年して」と他人をせせら笑うことは卑しい。

「バカみたいじゃないですよ、全然」

シズさんはなにかを確かめるように上目づかいに私の顔を見つめ、それから「ふ」と息を吐いた。

「わたし、やっぱり弓子さん、嫌いです」

バカみたい、ってせせら笑ってくれたほうがよっぽどいいです、とのことだった。

「そういう、へんに余裕のある態度取るところが鼻につきます」

私もシズさんのこと全然好きじゃないです、と笑って、列に戻った。

最後尾にまわろうかと思ったけど、後ろにいた人が「どうぞ」と手で示してくれたので、礼を言ってからまた列に加わる。

「なんて言われたの？　この泥棒猫！　とか？」

楓さんがにやにや笑いながら言う。

「どっちかと言うと、それ言うの私だと思う。言わないけど」

それもそうね。楓さんが妙に納得した様子で深く頷いた。

「女同士のもめごとっていうとついそのセリフが浮かんじゃって」

「しかも別にシズさんに盗まれたわけじゃないし、宏基」

「でも一生に一回ぐらい言ってみたいセリフじゃない？　チャンスだったのに。惜しかったね、弓子」

楓さんは本気で残念そうにしている。

「言いたくないよ、そんなかっこ悪いセリフ」

「かっこ悪くないって。おもしろいって」

「おもしろくなくていいよ。楓さんはいつか言えるといいね」

振り返ったら、宏基たちはもういなかった。いるのかもしれないが、姿を見失った。ミガワリサンには、けっこう多くの人が来るものらしい。あちこちで笑い声が聞こえ、甘酒を配る青年団の元気の良い声が響く。

私の順番がまわってくるまで、あと三人だった。いよいよ焦って、ミガワリサンを見つめる。ミガワリサンのノルマがきついと目をしょぼしょぼさせていたお婆さんのことを思い出して、「この島のミガワリサンづくりのシステムが来年から改善されますように」と書いた。あわててマジックを走らせたら文字が滲んだが、読めないことはなさそうだっ

た。

　順番がまわってきて、ミガワリサンを炎の中に投げ入れた。私のミガワリサンは誰かのミガワリサンの上に落ち、すぐに炎にのまれた。

23　弓

砂浜の砂は黄土色をしていて、わずかに湿っている。ずっと先のほうに、白い建物が見えた。

道路を仰ぎ見ると、マキコさんの車が見える。運転席から、私たちに手を振った。やわらかい砂にスニーカーが沈んで、頻繁に身体がふらつく。

新幹線の駅まで車で送っていくよ、とマキコさんが申し出てくれたので、三人でフェリーに乗った。フェリーを下りて、ふたたびマキコさんの車に乗りこんでしばらく走っていた時、道路から砂浜が見えた。海水浴場だという。楓さんがそこに行きたがったので、途中で車を停めて寄り道させてもらった。マキコさんは車の中にいると言ったので、ふたりだけで砂浜におりてきたのだった。

高いヒールの靴を履いた楓さんは、私より歩きづらそうだ。私もまだ捻挫した足首が痛むので、ゆっくりしか歩けない。

ちょっと止まって、と楓さんが言うので、そうした。どうやら疲れたらしい。しばらく海を見ていた。携帯電話が振動したので見ると、マキコさんからのメッセージだった。なんとなく撮ってしまった、という一文とともに送られてきた画像は、私たちの後ろ姿だった。

小さな画面の中で水平線を眺める私たちは後ろ姿さえもほんとうにどこにでもいそうなただの中年の女で、まったくさまにならなかった。なんだこれ、と思いつつも私はその画像を保存する。

楓さんは腰を屈めて、貝殻を拾っていた。どうするのそんなの、と声をかけたら、なぜかすこし照れたように笑った。旅の記念にする、などと言う。

そっか、と私は頷く。

「どうする?」

唐突に楓さんが言った。なにを? とは、私は問わない。

「帰るに決まってるでしょう」

私が答えると、楓さんは頷いた。

「そうだね。帰ろう」

うん、と楓さんは頷く。帰ろう。

「でもとりあえず私、もうすこしだけ歩く」

大きな岩が見える場所を指さした。じゃああたしも行く、と楓さんが隣に並んだ。歩け、という声がする。頭の中で。それは他の誰の声でもない私の声だった。ゆっくり、一歩踏み出す。

解説

吉田伸子（よしだのぶこ）
（書評家）

なんて伸びやかな物語なんだろう。

二〇一五年に、第四回ポプラ社小説新人賞を受賞した寺地さんのデビュー作『ビオレタ』を初めて読んだ時の感想がそれだ。

その感じは、以降の寺地さんの作品にも共通しているのだが、ではその伸びやかさはどこに由来するものなのか。その答え（の一つ）が、本書にはある。

寺地さんのデビュー作から五作めになる、この物語のヒロインは二人。三十九歳の弓子と四十一歳の楓だ。夫と別居することになった弓子が、一年前から住み始めたアパート『メゾン・ド・川』の隣人が楓だった。

「なにがメゾンだと言いたくなるようなぼろぼろの二階建ての木造アパート」なので、壁はかなり薄い。どれくらい薄いかというと、「隣室のトイレの便座の上げ下ろしをする音が聞こえるほど」だ。要するに、生活音が丸聞こえなわけで、自ずと楓の暮らしぶりは弓

子に筒抜け。なので楓の〝男性遍歴〟も弓子はまるっと把握している。

弓子と楓が近しくなったのは、ドライカレーがきっかけだった。楓の暮らしぶりを弓子が把握しているのと同様に、楓もまた弓子の日々を把握しており、こまめに料理をする弓子の部屋から漂ってくる匂いに、楓は「あーお腹すいた、というようなひとりごとを漏らすことが多くなっ」ていたのだ。ある日、カレーの匂いに思わず「うわーカレーかー」とベランダで声に出してしまった楓に（女のひとり暮らしっぽいのにカレーなんかつくって大量に余らせるんじゃないのか、と余計な心配までした）、隣のベランダから「ドライカレーです」と弓子が返事をしたのが、きっかけだった。その時に、弓子のドライカレー（温泉たまごをのっけて食べるとおいしい、と言われた楓が、誘惑に屈した）のお相伴にあずかって以来、二人の「ご近所づきあい的な関係」が始まったのだ。

同世代である、ということ以外、弓子と楓に似通ったところはなかった。楓は「ずっと（性欲の）ピークが続いている」という女で、短いスパンで彼氏が変わる。ピークが続いている、という楓に衝撃を受けつつも、弓子は「それならばしかたないと納得」するのだ。「ピークの真っ只中を生きている人間に他人がとやかく口を出すものではない」と。

この弓子のニュートラルな感じ、すごく好もしくないですか？　楓は楓で、弓子のことを「これまであたしの周囲にはひとりもいなかったタイプのような気がした」と思ってい

る。弓子が引っ越してきた当日、冷蔵庫を運び込んできた青年に指示した弓子の声を聞いて、「なんという脂っけのなさだろう」「媚とか、愛嬌というものがいっさい含まれていなかった」と驚いたし、弓子の顔の印象に至っては「眉の描きかたが雑だった」である。

そんな二人が、楓いわく「単にあたしが弓子からごはんをもらう関係」ではあるものの、隣人として近しくしている。この二人の距離感がいい。弓子には弓子の——別居後、夫・宏基が突然失踪してしまい、行方不明——、楓には楓の——勤め先の会社の社長からセクハラを受けており、退職後も執拗にからまれている——抱えるものがあるのだが、お互いにそこにはむやみに立ち入らないのだ。

弓子も楓も今は失業中の身だ。ある日、ハローワークで紹介された会社の面接で、理不尽な扱いを受けた弓子は、別の求人を探すために向かったハローワークで、失業給付の手続きをしに来た楓と出くわす。楓は、「仕事探しは今日はやすみ。どっか行こ」「あんた、今ひどい顔してるもん」と弓子の腕をとって外に連れ出す。

こういう時は無目的に歩くと気分が落ち着くという弓子の言葉に、家までの二駅ぶんを歩くことにする二人。やがて、もうすぐアパートに着くというあたりで、外階段の付近に男がいることに気が付く。その男は、楓にしつこく言い寄っていた社長だった。弓子は警

察に通報後、青ざめている楓を夫の失踪後も親しくしている義母の光恵の家に避難させる。社長が警察に諭され、どこかに行ったのを見届けた弓子は、前に楓と話していた旅に出よう、と思い立つ。それは失踪中の夫の姿をかつての地元で見かけた人がいる、という義母の情報を元にした、楓いわく「宏基をとっちめるツアー（仮）」だった。

ここから、物語は、宏基の生まれ育った島に舞台を移す。「何時間も新幹線に揺られたうえ、バスに乗り、フェリーで海を渡らなければならない」その島へ向かった先で、弓子と楓を待ち受けていたのは、思いもかけない出来事だった。

その、島での出来事、は実際に本書を読まれたい。ここから先は、冒頭に書いた、本書で描かれている、寺地さんの物語の伸びやかさの由来について書こうと思う。それは、たとえば、こんな箇所だ。

弓子と光恵が親しくしている理由の一つに、二人が「藤井一真」という俳優（スターではなくて、名脇役、という立ち位置）のファンだから、というのがあるのだが、その藤井一真が出ている映画（既に廃盤なのでレアもののＤＶＤ）での彼の役柄を、寺地さんはこんなふうに表現する。

「罪を犯した女とともに旅を続ける、なにか心にすこやかでないものを抱えた男」

この、「心にすこやかでないものを抱えた」という描写に注目されたい。とりわけ、心

に闇がある、とか、心が病んだ、と描写しないところに。心は心で、人それぞれの有り様ではあるけれど、病んだ心、などというものはないのだ、という寺地さんのそのスタンスこそが、伸びやかさの由来なのだ、と思う。

弓子の母親のエピソードもそうだ。物心ついた時から父親はおらず、スナックで働きながら女手一つで弓子を育てた母親は、感情が不安定になりがちで、その捌け口を弓子に向けることも度々だった。後年、それがPMS（月経前症候群）だったのではないか、と弓子は思い至るのだが、それ以前でも、弓子は母親自身に問題があるのではなく、「小さな虫が母の身体の中で暴れまわっていて、母自身には制御不能なほどの力を引き起こしている」と思っていた、とある。弓子にとって、それが「母を憎まずに済む方法」ではあったものの、弓子が母親の心を信じていたからではないか。

寺地さんには、人の心は損なわれたりしない、という強い思いがあるのだ。時々、やっかいなものや、重たいものを抱え込んだりすることもあるだろうけれど、心そのものは、いつも一人一人の自分のものであるのだ、と。それが、寺地さんの物語の伸びやかさの所以である。だから、〝自分探し〟の物語ではなく、〝自分を取り戻す〟物語になる。そこがいい。そこが、本当にいい。

楓とともに、島に渡った弓子は、ちょっと酷い目にあうのだが、自分をそんな目にあわ

せた相手のことを「めちゃくちゃ」だとしながらも、同時に弓子は思う。「まあでも、人間の思考ってそんなに整理されてないし、めちゃくちゃなのがむしろ基本設定なのかも」こんなふうに弓子に思わせる、寺地さんの大らかさよ！　今まさに、何かに悩んだり、迷ったりして、自分を見失っている人に、この言葉を届けたいな、と思う。

私たちの心は、きっと本来は伸びやかで自由なものなのだ。その伸びやかさを阻んでいるものは、世間や社会が押し付けてくる〝普通〟や〝当たり前〟だ。そこからちょっとでもはみ出すと、異物として排除されたりする。女だから、年だから、○○だから、と一方的な固定観念で一括りにされてしまう。なんて馬鹿げたことだろう。そんなことは気にしなくていい。あなたはあなたのままでいい。そんな寺地さんの声が聞こえてきそうだ。

島での日々を終える時、楓が弓子に言う。「なんかふたりでここに来たけどさ、けっこう別行動だったね、あたしたち」

その言葉に頷いて、弓子は「たぶんどこに行っても、私たちはぴったりくっついて行動することはないんだろう」と思う。「ひとりだ、とまた思う。夫婦だって、友だちだって、一緒にいるだけで『ふたり』という新たななにかになるわけではなくて、ただのひとりとひとりなのだ」

ひとりひとりが、自分の心に真っ直ぐに生きていく。誰に寄りかかることもなく、誰か

に寄りかかられることもなく。さぁ、伸びやかに進め、私たちよ！「みちづれはいても、ひとり」で。

二〇一七年十月　光文社刊

光文社文庫

みちづれはいても、ひとり

著　者　寺地（てらち）はるな

2020年9月20日　初版1刷発行

発行者　鈴木広和
印　刷　新藤慶昌堂
製　本　ナショナル製本

発行所　株式会社　光文社
〒112-8011　東京都文京区音羽1-16-6
電話（03）5395-8149　編集部
8116　書籍販売部
8125　業務部

ISBN978-4-334-79080-6　Printed in Japan

組版　萩原印刷

光文社文庫

みちづれはいても、ひとり

寺地はるな

光　文　社